Plages d’autres mondes

Du même auteur
aux Éditions Gnioupland

Vers d'autres mondes (recueil de poésies)

À partir des mondes lointains, laissez vous emporter du monde des rêves aux « autres mondes ».

Nouvelles d'autres mondes (recueil de nouvelles)

De la réalité au fantastique, il n'y a souvent qu'un pas. Franchissez-le en partant à la rencontre d'un immense châtaignier, de petits monstres appelés Vozols ou encore d'un tableau qui soupire d'ennui.

Le Gniouc-Gnioup (roman)

Gniouc-Gnioup ! Mais quel est donc cet animal étrange ? À vous de le découvrir au travers de cette aventure étonnante et drôle.

Le Noël des Chats (conte pour enfants)

La veille du réveillon, deux chats complices discutent sous le sapin, ils sont loin d'imaginer qu'une rencontre aussi magique qu'inattendue va transformer leur vie !

Émile et les Patchoux (livre pour enfants)

Émile est tout triste, Papa et Maman ne veulent pas qu'il ait un chat bien à lui, alors il pleure tout seul dans sa chambre quand un étrange personnage apparaît sur son genou : un Patchou ! Va-t-il remplacer le chat ? Pas vraiment, mais...

Petinaff et Gronouff (livre pour enfants)

Quand Petinaff, habitant de la grande forêt, rencontre Gronouff qui n'a aucune expérience de la vie au dehors, cela pourrait être une catastrophe... à moins que ce ne soit, au contraire, le début d'une longue amitié...

Gaëlle Lebreton-Deschamps

Plages d'autres mondes

Les Éditions Gnioupland

© Les Éditions Gnioupland
65, rue de Tournai, 59780 BAISIEUX
ISBN : 978-2-9528379-9-6
EAN : 9782952837996

Aux hommes qui ont croisé ma vie,
une seconde,
une minute,
une heure…
pour une éternité.

TZIREL

Jour 2490 de l'ère néogothibienne[1] *(zone fédérale xanthienne)*

Quand je pense au mot *plage*, je m'imagine instantanément au soleil, étendue sur du sable fin, entourée de palmiers, en vacances, profitant d'un repos bien mérité.

Mais ce n'est pas sur ce type de plage que je vais bientôt me rendre. Sur Adamante, il existe une plage qui m'intrigue depuis des mois jusqu'à l'obsession, au point que j'ai décidé d'aller y voir de plus près, malgré les dangers qui semblent s'y attacher.

C'est une plage de sable noir comme il en existait sur l'île volcanique de la Réunion, sur l'ancienne Terre où mes ancêtres sont nés. Lorsque l'on regarde les rares photos prises de l'endroit, rien d'anormal ne saute aux yeux, si ce n'est

---

1. L'ère néogothibienne fait suite à l'ère gothibienne qui a vu le regroupement de la majorité des systèmes connus et qui a donné naissance à la zone fédérale xanthienne. Celle-ci a démarré au début du XXIIIe siècle terrestre, peu avant la destruction de la Terre par la météorite G.I.L.530.130. L'ère gothibienne a duré l'équivalent d'environ cent années terrestres.

une impression un peu particulière, une sorte d'angoisse inexplicable qui monte en vous. Je l'ai ressentie la première fois que j'en ai vu des images et puis, les jours passant, j'ai oublié.

En fait, ma curiosité a été véritablement aiguisée au jour 2431, suite à l'article d'un de mes confrères qui s'intitulait : « Tzirel, la plage aux fantômes ». Le journaliste y relate notamment que, lorsque vient la nuit, la plage s'enrichit d'étranges reflets sous les lunes d'Oromar et d'Anivet. Il ajoute que les ombres mouvantes des poissons phosphorescents règlent un étonnant ballet à quelques mètres des cactus bleus qui veillent sur le rivage, tels des gardiens fantomatiques en charge d'un terrible secret…

Plus loin, il souligne que la plage n'en porte même pas le nom, c'est « l'étendue de Tzirel », comme si la personne qui l'avait baptisée ainsi avait oublié qu'une étendue de sable bordée d'eau se définissait par ce mot. Non, ce lieu n'avait pas acquis ce droit, ou plutôt il l'avait perdu, car autrefois il s'agissait bien d'une plage, jusqu'à ce qu'une malédiction se colle à ce lieu comme un chewing-gum à une semelle.

Suite à cet article, j'ai fait ma propre enquête, mais j'ai eu beaucoup de difficultés à obtenir des renseignements : ceux qui savent se taisent. J'ai donc décidé que le mieux était de me rendre sur place pour tirer cette affaire au clair. Bien sûr, l'endroit est dangereux, même si je n'arrive pas à en connaître la raison. Mais je n'en suis pas à ma première expédition ! Et puis si ce journaliste a pu décrire la plage avec autant de détails, c'est qu'il y est allé et qu'il en est revenu, alors pourquoi m'en faire ?

De toute façon, c'est décidé, demain je pars pour Adamante.

Jour 2491 de l'ère néogothibienne

Dès mon arrivée sur l'astroport[1] d'Adamante, je cherche des indications sur la façon de me rendre à l'étendue de Tzirel. Ce mot lui étant inconnu, mon SPS[2] ne m'est d'aucune utilité, et l'ordi-renseigneur ne possède pas d'informations intéressantes dans sa base de données. Mes pas me mènent donc à l'A-Gora où un androïde de dernière génération me répond poliment, mais sur un ton un peu abrupt (ce qui est tout de même assez inhabituel, vu qu'il est programmé pour être aimable en toute circonstance) que l'étendue de Tzirel est un lieu interdit et que, par conséquent, je n'ai pas besoin d'en connaître l'itinéraire.

Je me permets d'insister et reformule ma question en expliquant que je dois absolument aller là-bas pour des raisons professionnelles. Et j'ajoute même (alors que c'est totalement faux) que je suis commanditée par un haut personnage du gouvernement d'Hilarion[3]. Le robot qui n'est manifestement pas programmé pour la diplomatie ignore

1. L'astroport pour les engins spatiaux est l'équivalent de nos aéroports actuels pour les avions. À noter cependant que l'astroport d'Adamante est un des plus importants de la fédération xanthienne : il accueille chaque jour environ un million de passagers.
2. Le SPS ou Space Positioning System, fonctionne comme un GPS, mais il s'adapte à la planète sur laquelle il se trouve en se recalant automatiquement sur les satellites les plus proches.
3. Hilarion est la Mégacapitale d'Hilaris III, où se trouvent les gouverneurs de la fédération xanthienne.

totalement mes arguments et me refait exactement la même réponse, nettement plus sèchement cette fois.

Pourtant, cette plage doit bien exister quelque part et je n'ai pas traversé deux galaxies pour renoncer maintenant !

Je quitte donc l'astroport et traîne dans les rues malfamées d'Adamara, la capitale, la main posée sur mon astérolaser pour parer à toute éventualité. Puisque l'étendue de Tzirel est un lieu interdit, il va sûrement me falloir trouver l'aide d'hommes aventureux pour m'y rendre.

Alors que cette pensée me traverse l'esprit, je m'arrête devant une auberge à l'enseigne alléchante, malgré sa devanture rebutante.

Je commande une soupe à la limace et un pain délyophilisé.

Tout en mangeant, j'écoute les conversations alentour. Enfin, au bout d'une demi-heure, le mot Tzirel capte mon attention. Il provient d'un groupe de trois hommes qui n'en sont pas à leur première bataille si j'en juge par leurs visages balafrés. L'un d'eux marche même avec une jambe mécanique à bas prix, probablement récupérée lors d'un troc au marché noir. De ces modèles anciens, on n'en trouve plus que là. Les prothèses actuelles ressemblent tellement à de véritables membres humains qu'elles ont vite remplacé les anciennes.

J'avale ma dernière bouchée de pain et m'approche du groupe. Je leur explique sans ambages l'objet de ma venue sur Adamante. L'un d'eux est particulièrement attentif. Il me répond sur un ton rustre : « Ma p'tit' dame, si j'étais vous, je reprendrais immédiatement mes cliques et mes claques et je repartirais sur Hilarion, car jamais vous ne trouverez quelqu'un pour vous emmener à Tzirel !

Décidément, je me dis qu'entre l'androïde et l'homme, il n'y a guère de différence. Je tente alors d'appâter mon interlocuteur :

– Mon commanditaire est très riche et il m'a alloué une somme importante pour mener à bien ce projet. Il est évident que le guide qui se présentera en bénéficiera.

– Même si vous vendiez votre âme au diable, me lance mon interlocuteur, ce ne serait pas suffisant pour que j'accepte de vous accompagner là-bas.

À bout d'arguments, je m'interroge sur la façon dont je vais réussir à trouver la bonne personne quand j'aperçois un vieil homme dans un coin qui semble suivre notre conversation avec grand intérêt. Voyant que je le regarde, il me fait signe d'approcher. Je prends congé des trois aventuriers et m'avance vers l'aïeul :

– Moi, fanfaronne-t-il, je connais quelqu'un qui serait prêt à vous y emmener !

Et il sourit en disant cela, comme s'il s'agissait d'une chose extrêmement drôle. Je prends un air faussement étonné et poursuis :

– Vraiment ? Et pour quelles raisons un homme sensé accepterait-il de m'emmener dans ce lieu interdit ?

– Parce que ce n'est pas un homme ! s'esclaffe-t-il.

Je reste sans voix. Un mutant ? La planète en regorge ! Un androïde ? C'est peu probable, ils sont trop bien éduqués. Alors de quoi s'agit-il ? D'une blague peut-être ? En tout cas, l'autre, en face de moi, ça le fait bien rire !

L'homme reprend complètement hilare devant mon air interrogateur : « C'est une femme et je crois bien qu'elle est aussi dingue que vous ! Revenez demain, ici, à la même heure et je vous la présenterai. » Je lui serre donc la main en signe d'accord et quitte les lieux.

Jour 2492 de l'ère néogothibienne

Je passe ma journée à tenter d'en savoir plus sur l'étendue de Tzirel et je trouve enfin mon bonheur au centre de transferts et d'informations d'Adamante, dans des journaux du XXIIe siècle. Déjà, on y relatait des disparitions mystérieuses et des apparitions maléfiques qui rendaient hagards et suicidaires ceux qui en avaient été témoins. Certains journalistes parlent d'un monstre qui dormirait sous le sable, d'autres incriminent d'énormes poissons luminescents, capables, du fait de leur mutation, de se glisser sous la plage et de dévorer les promeneurs d'une seule bouchée ! Un journaliste émet même l'hypothèse qu'un groupe de dissidents désintégrerait purement et simplement quiconque oserait s'aventurer sur ce lieu… Tout cela reste très mystérieux, mais tous s'accordent à qualifier l'endroit de maudit et à mettre en garde leurs lecteurs sur le danger qu'il représente.

Toutes ces lectures ne font qu'aiguiser davantage ma curiosité et j'ai hâte que l'après-midi se termine pour retourner à l'auberge.

Le soir, comme prévu, je retrouve donc l'aïeul accompagné d'une magnifique femme blonde au regard d'acier et à l'allure décidée. Nous nous mettons rapidement d'accord sur le prix et sur les conditions du voyage. Nadia me conduira en astronef jusqu'à l'ancienne barrière de corail, à environ deux kilomètres du but de notre expédition. Là, nous continuerons à pied, du fait des perturbations électromagnétiques.

Le vieillard, prétextant la fatigue, nous quitte rapidement et je reste seule avec Nadia pendant une heure environ, à échanger nos diverses expériences.

Jour 2493 de l'ère néogothibienne

Nous partons à six heures, avant l'aube, et arrivons au camp de base vers dix heures. Nadia pose son appareil quelques mètres en dessous de l'ancienne barrière de corail. Une brèche dans celle-ci, ouverte quelques années plus tôt nous évite l'escalade périlleuse, comme me l'explique Nadia. Au-delà, la densité de la végétation nous oblige à laisser le maximum d'affaires dans l'astronef et sur le camp. Je garde uniquement une gourde d'eau, des barres de pseudo-céréales et mon fidèle astérolaser.

Dans trente minutes, je vais enfin voir de mes propres yeux l'étendue de Tzirel. Je suis à la fois impatiente et inquiète.

Nadia m'attend. J'hésite à emmener mon précieux carnet de bord électronique. Je caresse machinalement l'écran qui immédiatement recrée mon hologramme (grâce à la reconnaissance de mon ADN). Je souris et regarde s'effacer ainsi les lignes soucieuses de mon front sur l'image en relief, puis d'un mot, j'ordonne l'arrêt à l'appareil qui ne laisse plus apparaître que sa surface noire et luisante. Finalement, je préfère le laisser sur place. Je le retrouverai avec plaisir à mon retour afin de raconter tout ce que j'aurai découvert là-bas ! De toute façon, les fortes perturbations électromagnétiques risquent d'endommager le petit appareil, fidèle compagnon de mes aventures. Je m'en voudrais si, à mon retour, j'étais incapable d'en récupérer les données. À regret, je range le fin rectangle gris et noir dans mon sac et rejoins Nadia qui patiente quelques mètres plus haut.

Ainsi se termine le journal de Maëlis DT2, disparue en compagnie de Nadia CW5, le 2493ᵉ jour de l'ère néogothibienne, dans la zone interdite de la planète Adamante.

À suivre…

LILLE-PLAGE

Aujourd'hui, je rejoins Mélody à Lille pour une journée entre filles : pas de programme défini, nous avons surtout envie de passer du temps ensemble.

Je gare ma voiture au Triolo. La température à Villeneuve-d'Ascq est un peu fraîche pour un mois de mai et je regrette sur le moment de ne pas m'être vêtue plus chaudement.

La station de métro bariolée du Triolo m'accueille et j'entre dans la rame en réfléchissant aux différents magasins que nous allons visiter, voire écumer tout à l'heure. Destination : la station Rihour, en plein centre-ville de Lille.

Environ vingt minutes plus tard, dans l'escalator qui me conduit à l'air libre, je suis surprise par la température estivale. En moins d'une demi-heure, j'ai l'impression d'être passée du printemps à l'été. Pourtant, il n'est que dix heures du matin, quel changement !

En m'approchant de la place du Général-de-Gaulle, plus souvent appelée Grand-Place, je constate avec étonnement que des jeux d'eau ont été installés. Quelle bonne idée !

Surtout par cette chaleur ! D'ailleurs, des jeunes enfants s'éclaboussent gaiement, certains sont même en maillot de bain ! Les parents qui assistent au spectacle ont l'air ravi ! L'animation a donc dû être annoncée quelque part. Dans le quotidien La Voix du Nord peut-être ? En tout cas, pour moi, la surprise est totale, je n'en ai pas du tout entendu parler !

Je ne m'attarde pas devant ce spectacle rafraîchissant car, comme prévu, Mélody m'attend devant la grande librairie du Furet du Nord.

– As-tu vu ? Ils ont installé des jeux pour les enfants !

– Oui, je trouve que c'est une belle initiative, il faudra que je pense à y amener mes p'tits loups.

– Je pense que ça leur plairait, vu le succès rencontré aujourd'hui. L'installation va sûrement rester plusieurs mois, jusqu'à la fin de l'été, probablement !

– À condition qu'il fasse aussi chaud qu'aujourd'hui.

– C'est vrai, reprend Melody, lorsque je suis partie de Thumeries, j'avais presque froid. Et ici, quelle douceur !

– Remarque, nous n'allons pas nous plaindre ! Bon, que dirais-tu de faire un peu de shopping ?

– Je crois que nous sommes là pour ça, n'est-ce pas ? répond Mélody en souriant d'un air entendu, je te suis !

– Par contre, avant le déjeuner, j'irai poster une lettre urgente. C'est important. J'ai eu un problème avec ma carte bancaire en commandant par Internet, et le site ne me garde mes achats qu'une semaine, à condition de leur envoyer un chèque. Donc, il faut impérativement que ça parte aujourd'hui, sinon je serai obligée de dire adieu à ce joli petit ensemble, certes un peu cher, mais dont je rêvais depuis si longtemps.

– Dans ce cas, tu peux compter sur moi, je te le rappellerai !

Nous nous dirigeons vers la rue de Béthune où notre magasin de vêtements préféré nous attend. Sans même jeter un œil à la vitrine, nous pénétrons à l'intérieur et nous avons immédiatement l'impression d'être dans la caverne d'Ali Baba : quelles couleurs et quel choix ! Tout nous attire et nous plaît, encore plus que d'habitude ! La nouvelle collection d'été est arrivée et nous en sommes ravies ! Je choisis quatre, non, cinq tuniques à manches courtes, des leggings aux couleurs chatoyantes et une veste courte blanche et noire. Mélody, à peine moins chargée que moi, me suit jusqu'aux cabines d'essayage.

Je passe tous les vêtements que j'ai sélectionnés et l'image renvoyée par le miroir est à chaque fois parfaite ! Comment choisir ? Je ne vais tout de même pas acheter cinq tuniques et quatre leggings, sans compter la veste… Mon budget va en souffrir ! Et maintenant, une vendeuse me rapporte deux robes qui sont à couper le souffle : une pour le soir, moulante, incarnate, avec des motifs ton sur ton qui rappellent un peu le style Hermès. Et une autre, à fines bretelles, qui est assortie à la veste. Je craque ! J'ai envie de tout emporter ! Je réfléchis quelques secondes. Bon, restons calme, et regardons les prix. Quoi ! Les tuniques ne sont qu'à trois euros ?

– Et pour une robe achetée, la seconde est à moitié prix, m'annonce la vendeuse en me voyant regarder les étiquettes.

– Vraiment ?

– Oui, c'est l'offre promotionnelle saisonnière, vous avez beaucoup de chance, elle n'a lieu qu'une fois par trimestre !

Oui, elle a raison, nous avons beaucoup de chance. Mélody est sublime dans sa robe blanche avec des impressions bleu turquoise et vert jade. Une vendeuse lui fait essayer une veste qui tombe à la perfection et je sens qu'elle a envie, elle aussi, de tout acheter.

J'ai besoin de savoir où j'en suis. Je demande le prix total des vêtements que j'ai essayés.

– Mais bien sûr, attendez un instant… les cinq tuniques, les quatre leggings, les robes et la veste : vous en avez pour… soixante-dix euros !

Soixante-dix euros pour l'ensemble ? Je n'en reviens pas ! Cela me convient tout à fait. Devant mon air étonné, la jeune femme m'explique que pour deux leggings achetées, j'ai droit à deux leggings gratuites et que la veste est une fin de série, elle est par conséquent à cinquante pour cent.

Mélody a également fait des affaires. Nous payons et ressortons du magasin alors que le carillon du beffroi annonce midi.

Nous nous dirigeons vers la poste. En traversant la Grand-Place, nous sommes attentives à ne pas nous faire arroser par les jets d'eau qui occupent les trois quarts du lieu. Dans la rue des Sept-Agaches, nous passons devant un glacier qui est encore fermé à cette heure. Sur la devanture, un panneau annonce « ouvert le lundi après-midi ». C'est décidé, nous reviendrons déguster une glace tout à l'heure !

Un peu plus loin, sur la droite, un restaurant *La Magie Gourmande* attire notre attention. La vitrine est décorée d'une corne d'abondance qui déverse un flot de fruits et de pâtisseries, tous plus appétissants les uns que les autres. Ce restaurant est probablement ouvert depuis peu, car ni Mélody ni moi ne l'avions remarqué auparavant. Le menu du jour est à dix euros. Après une courte concertation, nous décidons de prendre notre repas ici.

Je poste mon courrier et nous repartons en sens inverse, direction *La Magie Gourmande.*

Nous sommes reçus par un serveur stylé qui nous indique une table avec vue sur une petite cour intérieure, joliment agrémentée d'arbustes et de fleurs rouges et orangées. D'ailleurs, toute la salle est décorée avec goût. Nous avons l'impression d'être dans un autre monde : de fines colonnettes marmoréennes s'intègrent à intervalles réguliers dans les murs. Elles sont surmontées par des chapiteaux représentant des scènes festives. Ce thème est repris dans les tableaux qui ornent les murs.

L'apéritif étant offert, j'opte pour une flûte de champagne et Mélody pour un cocktail à base de jus de fruits frais. Nous trinquons aux excellentes affaires que nous avons réalisées ce matin et en portant le verre à mes lèvres, je pense que je n'ai jamais rien bu d'aussi raffiné !

Le serveur nous amène ensuite nos entrées : une mousse de saumon pour moi, une préparation à base de foie gras pour Mélody : tout est simplement succulent. Et nous ne sommes pas au bout de nos surprises gustatives, car le plat principal dépasse tout ce que nous avons déjà goûté jusqu'à présent : c'est un ravissement de saveurs qui se poursuit avec un superbe plateau de fromage où nous avons du mal à faire notre choix. Enfin, le dessert est vraiment le clou du repas : des mousses de différents chocolats, artistiquement associées, surplombent une génoise, l'ensemble est accompagné de crème chantilly à la vanille de Madagascar.

Alors que nous terminons le repas, nous nous interrogeons : l'alliance des goûts est à chaque fois tellement réussie que nous nous sommes peut-être trompées. Et si, accidentellement, nous étions entrées dans un restaurant gastronomique ? Peut-être n'avons-nous pas bien lu le panneau à l'entrée : dix euros pour un tel repas, ce n'est pas possible ! Mélody me regarde avec inquiétude : et si nous devions payer beaucoup plus ?

Le serveur nous demande si nous désirons un café, nous déclinons sa proposition. Je prends mon courage à deux mains et demande l'addition. Celle-ci arrive moins d'une minute après : le total pour nous deux est bien de vingt euros. Nous respirons ! Cela restera donc une excellente expérience. Mélody s'empresse d'envoyer un SMS à son compagnon pour lui raconter le menu dans le détail et l'invite à y retourner avec elle, très rapidement !

Alors que nous sommes à peine sorties, Mélody remarque une bijouterie à quelques mètres de là, qu'elle n'avait jamais vue auparavant. Voilà qui est étonnant, car elle connaît toutes celles de la métropole lilloise, étant elle-même créatrice de bijoux. Elle pense qu'il doit s'agir là d'une ouverture récente. Il faut absolument y aller voir de plus près !

La boutique est somptueuse et nous nous attendons à des prix exorbitants, mais non, les différentes créations exposées sont à des prix très raisonnables. Quelle journée ! Après un shopping très bon marché, suivi d'un repas de roi, ou plutôt de « reines », voici des bijoux « princiers » tout à fait abordables pour notre modeste bourse.

Un homme d'un certain âge, au charme indéniable, nous reçoit et nous fait essayer différentes parures. Je choisis un superbe collier en nacre et corail. Mélody résiste à la tentation d'acheter le moindre bijou et repart juste avec la carte du magasin. Elle pourra ainsi visiter le site Web à tête reposée.

Nous nous baladons ensuite deux heures durant dans les rues du Vieux Lille jusqu'à nous y perdre ! Mélody reconnaît qu'elle a du mal à se repérer : certaines devantures ont été entièrement rénovées et des boutiques qu'elle connaissait bien ont été remplacées par d'autres. Même l'agencement des rues lui paraît étranger, mais elle avoue qu'elle n'est pas venue dans ce quartier depuis longtemps.

Je ne suis pas inquiète, nous finirons bien par retrouver notre chemin ! De plus, il fait un temps magnifique et nous prenons plaisir à nous promener ainsi. Les gens que nous croisons sont particulièrement souriants, comme si la morosité était une chose inconnue aujourd'hui ! Nous sommes envahies par une sensation merveilleuse et nous nous surprenons à sourire de même, heureuses d'être là, tout simplement.

L'heure du goûter approche et, comme par magie, nous reconnaissons la rue Esquermoise. De là, nos pas nous ramènent tout naturellement vers la rue des Sept-Agaches. Le glacier a maintenant ouvert son échoppe. Nous nous décidons pour un cornet trois boules. Les parfums sont nombreux et variés et nous prenons tout notre temps pour choisir. Une fois la dégustation commencée, nous sommes ravies et nos papilles aussi ! Décidément, cette journée est réussie sur tous les plans, je pense que rien ne pourrait l'améliorer davantage.

Cependant, tout a une fin et Mélody souhaite maintenant repartir, « pas trop tard, pour éviter les bouchons ». Elle propose de me raccompagner jusqu'à la station de métro. En approchant de celle-ci, nous croisons des gens en maillot de bain avec des serviettes de plage, voilà qui est surprenant ! Et intrigant ! Mais l'explication nous apparaît bientôt clairement. En effet, sur la place Rihour se dresse une immense pyramide vitrée. Au-dessus de l'entrée, un panneau annonce la couleur : *Lille-Plage* avec en sous titre : « Venez profiter de la piscine à 30°C et de sa magnifique plage de sable fin ». Notre étonnement est sans limites.

Je n'avais pas remarqué la pyramide en sortant du métro, ce matin, lors de mon arrivée, mais il est vrai que je ne m'étais pas retournée, pressée que j'étais d'aller rejoindre Mélody.

À peine remise de son étonnement face à la pyramide *Lille-Plage,* Mélody prend congé. Je la regarde s'éloigner quelques secondes et me dirige vers le métro. Alors que je m'apprête à descendre dans la station, une voix masculine m'interpelle : « Holà belle demoiselle, vous n'allez pas descendre sous terre alors qu'il fait si beau ! »

Je tourne la tête : un homme me regarde avec un sourire amusé. Il ne porte sur lui qu'un corsaire blanc qui met en valeur sa peau bronzée ; il est chaussé avec des tongs. Malgré sa tenue vestimentaire simple, il a beaucoup de classe.

– Excusez-moi ? Est-ce à moi que vous vous adressez ?

Il acquiesce. Son regard me transperce et je sens que mon cœur s'accélère. Son sourire se fait plus franc :

– Puis-je vous offrir quelque chose à boire ?

Je m'apprête à refuser quand je me rends compte que je meurs de soif. Après tout, qu'est-ce que je risque ?

Je le suis à une terrasse toute proche. Il se retourne et m'invite à m'asseoir.

– Là, ça vous va ?

– Très bien, merci.

Nous nous installons à la terrasse de *L'Escale*, un bar tendance où les jeunes Lillois aiment à se retrouver. Je profite de l'avoir devant moi pour détailler sa musculature qui me donne envie de le toucher. Il est… divinement beau. Je n'arrive pas à trouver d'autres mots pour qualifier son physique. Les traits réguliers de son visage sont éclairés par des yeux à la fois sombres et lumineux qui lui donnent un regard mystérieux. Sous le nez droit, volontaire, ses lèvres charnues semblent faites pour le baiser. Il se rend compte que je le regarde fixement, je baisse les yeux, un peu gênée. Il entame la conversation. Nous parlons de tout et de rien, de nos loisirs, de notre travail, du pourquoi de ma présence à Lille. J'apprends qu'il s'appelle Jos et qu'il habite au 164 de la rue Esquermoise, au-dessus d'une petite librairie dont il est le gérant.

Il me demande mon numéro de téléphone, je l'inscris sur un papier qu'il me tend. Il lance alors :

– Je vous appelle dans la semaine, promis ! À son tour, il inscrit ses coordonnées au dos d'une de mes cartes de visite et me la rend. Je la range précieusement dans mon sac à main, après avoir vérifié que tout est bien lisible. Je me surprends à penser qu'il a une très belle écriture. Ainsi, s'il ne respecte pas sa promesse, j'aurai toujours la possibilité de le contacter.

Nous nous quittons en nous embrassant sur la joue, comme si nous étions de vieux amis. Il me fait promettre de passer bientôt à son magasin. Je rejoins la station de métro et me tourne dans sa direction ; il n'a pas bougé et me fait un signe de la main, main à laquelle je réponds en disparaissant sous terre.

Une semaine a passé depuis notre magnifique journée à Lille. Par mail ou par téléphone, Mélody et moi en reparlons quotidiennement. Quel souvenir ! Et quelle rencontre aussi ! Mélody m'a bien sûr pressée de questions à ce sujet et ne rate pas une occasion de me demander s'il a téléphoné. Malheureusement, Jos ne m'a pas contactée. C'est peut-être idiot, mais je n'ose pas l'appeler. Pour lui dire quoi ? J'essaie de me raisonner en me répétant qu'un homme aussi beau doit inviter quinze femmes par jour à boire un verre ! Mais à la moindre sonnerie, je me précipite en espérant que ce soit lui au bout du fil et ma déception grandit de jour en jour.

De toute façon, je vais avoir tout le loisir de penser à autre chose, car Xéna, une amie originaire du sud de la France, vient passer quelques jours à la maison.

Peu de temps après son arrivée, je lui raconte ma récente journée lilloise. Elle est emballée à la perspective de découvrir le restaurant et *Lille-Plage* !

Le lundi suivant, vers onze heures, nous partons donc. Nous avons prévu, après le repas à *La Magie Gourmande*, de tester la nouvelle plage de Lille, sur la place Rihour. Et ensuite, j'irais bien pousser la porte de la librairie de Jos, si Xéna n'y voit pas d'inconvénient.

Le temps est gris et un peu frais pour la saison, mais j'espère que, comme le lundi précédent, le ciel se dégagera en arrivant à Lille.

Nous sommes encore sur l'escalator qui nous conduit de la station de métro vers la place Rihour quand je me retourne dans l'intention de montrer *Lille-Plage* à Xéna.

– Regarde Xéna, *Lille*…

Et la déception doit être visible sur mon visage, car Xéna me demande si ça va.

– Oui… oui… répondis-je en tremblant, ça va aller, je pense.

La seule pyramide au centre de la Place Rihour est l'habituelle fontaine qui surplombe la station de métro. Sans dire un mot, j'entraîne Xéna sur la Grand-Place et là, nouvelle désillusion : les jeux d'eau ont également disparu.

L'échoppe du glacier est fermée, mais il n'est que midi. Nous poussons jusqu'au restaurant : l'élégante devanture a été remplacée par un mur tagué à l'inscription énigmatique : « Magik, tu te goures, tu mens ! » Mon amie me dit que j'ai dû me tromper d'endroit, mais je suis sûre de moi puisque la rue est petite et que c'est la même que celle du glacier.

Il faut que j'en aie le cœur net, que j'aie la certitude de ne pas être devenue folle. Il reste le bijoutier : la sympathique petite boutique dans laquelle j'avais acheté ce collier magnifique a laissé la place à une banale agence immobilière. Ma déception est sans borne. Sur la porte, l'ouverture est annoncée à quatorze heures, juste en dessous d'une inscription qui me laisse sans voix : « À la recherche d'un écrin où il fait bon vivre ? Nous nous chargeons de trouver pour vous la perle rare ! »

Décidément, rien ne va. Je ne parviens plus à aligner deux pensées cohérentes. Xéna, consciente de mon désarroi, me propose de déjeuner. Nous nous asseyons à la terrasse d'une brasserie, sur la Grand-Place. J'avale la nourriture sans y prêter attention pendant que Xéna alimente la conversation.

Nous décidons de prendre ensuite le dessert chez le glacier. L'idée de goûter à nouveau à quelques-uns de ces délicieux parfums me remet en forme. Mais quand nous y retournons, le rideau de fer qui occulte la porte est toujours descendu, alors qu'il est presque quinze heures. C'est alors que je remarque la pancarte sur la gauche : « Fermé le lundi ».

Il faut absolument que je comprenne. Mon mental tourne à cent à l'heure : l'agence immobilière est récente, elle vient juste d'ouvrir ! Le bijoutier a dû être obligé de fermer en catastrophe. Oui, l'explication est sûrement là. J'entre donc dans l'agence et demande de quand date son ouverture : la réponse tombe « l'inauguration a eu lieu à la mi-septembre ». Elle me fait l'effet d'un coup de massue. Je prends congé poliment et nous nous retrouvons dehors. Je suis incapable de me diriger. Je perds pied. Xéna ne comprend pas ma réaction. Je prétexte un coup de fatigue et nous rentrons.

Une fois chez moi, je prends la carte de visite sur laquelle Jos a inscrit ses coordonnées. Je l'avais mise précieusement de côté sur une étagère. Je la retourne, il y a bien quelque chose de noté au dos, mais les lettres et les chiffres sont formés dans un alphabet que je ne comprends pas. Pourtant, lorsqu'il me l'a donnée, j'ai relu son écriture sans difficulté.

Pendant que Xéna est sous la douche, j'appelle Mélody et lui fais un résumé de ma journée. Elle m'annonce que, n'arrivant pas à se connecter sur le site du bijoutier, elle l'a appelé et a eu la surprise d'être en contact avec une agence immobilière. « Et le collier que tu as acheté là-bas ? » me demande-t-elle. J'ai beau retourner toute la maison, impossible de remettre la main dessus.

Que nous est-il arrivé alors ? Sommes-nous passées dans une dimension parallèle ? Malgré l'étrangeté de cette idée, c'est encore celle qui me paraît la plus plausible. Mais elle soulève d'autres interrogations : quand ? Quand en avons-nous franchi la porte ? Dans le métro ? Cela semble logique.

Puis, en y réfléchissant, quelque chose ne colle pas. Quand nous sommes arrivées à Lille, il y avait bien les jeux d'eau et le restaurant, mais j'ai également posté ma lettre. Or, celle-ci est arrivée dans « notre » dimension puisque le chèque qu'elle renfermait a été débité… Alors la lettre a, elle aussi, fait le voyage entre les deux mondes. J'ai beau étudier le problème sous différents angles, c'est pour moi la seule possibilité.

Depuis, les mois ont passé et chaque fois que je retourne dans la métropole, j'espère retrouver *Lille-Plage*, mais la ville ressemble à celle que j'ai toujours connue : populeuse, animée, souvent ensoleillée, mais définitivement sans plage sur la place Rihour.

Je ne peux m'empêcher de traîner aussi du côté de la rue Esquermoise à la recherche d'une petite librairie au numéro 164, mais la rue n'est pas si longue et ce numéro n'existe pas. Malgré tout, je traîne à la recherche de la silhouette bronzée de Jos, mais je sais que ma quête est irréaliste, Jos est resté dans son monde et moi dans le mien. Il me reste aujourd'hui comme un goût d'inachevé : j'ai presque touché du doigt une belle tentation, trop belle pour être accessible à mon utopique réalité.

Cette histoire est extraite d'un livre écrit en 2010 de l'ancienne ère : il s'agirait d'une des premières expériences de voyage interdimensionnel.

À cette époque primitive, les hommes ignoraient l'existence de couloirs permettant de passer d'une dimension à l'autre, alors qu'ils étaient de plus en plus nombreux à s'ouvrir. Mon grand-père, Jos, m'a souvent raconté sa rencontre avec Gwendoline, cette jeune femme qu'il a souhaité revoir ensuite sans avoir jamais pu y parvenir : les coordonnées qu'elle avait notées étaient devenues étrangement illisibles.

Hanté par le souvenir de Gwendoline, il a voulu comprendre et c'est ainsi qu'il a trouvé le premier passage, sous le métro lillois. Malheureusement, l'accès à une autre dimension était au départ aléatoire et, malgré toutes ses tentatives, il n'a jamais retrouvé la jeune femme.

Cela fait longtemps qu'il n'en parle plus, mais je sais que Grand-Mère lui ressemble.

Il m'a dit une fois que cette rencontre avait permis d'ouvrir la voie aux voyages interdimensionnels, que son témoignage et ses expériences avaient fait avancer la science, mais j'ai senti aussi le regret, l'amertume dans sa voix et j'ai compris également que jamais il n'oublierait.

S'il avait pu la revoir, que ce serait-il passé ?

Traduction de l'enregistrement d'Hofel,
petit-fils de Jos.
An 136 de l'ère post-apocalyptique.

ÈVE À ZION

Trois jours. Trois jours qu'elle est là, assise à même la terre, les pieds et le cou enchaînés. Trois jours attachée à ce mur, au fond d'une cellule sans fenêtre et sans espoir. Ève est enfermée, sans recours, au cœur de la prison de Destinia.

Le premier jour, elle s'est révoltée, hurlant son innocence, se débattant en tous sens pour ne rencontrer que le contact froid du métal contre sa peau. Elle a rampé, s'est cognée contre la pierre humide. Elle a tambouriné à la porte jusqu'à se meurtrir les mains, mais elle n'a reçu que silence et indifférence. Elle s'est vite fatiguée à ce jeu qui n'en est pas un et a fini par se recroqueviller dans un coin, comme pour faire disparaître ce corps dont elle ne veut plus, ses jambes interminables, ses seins ronds et fermes, ses pommettes hautes et ses grands yeux bleu violacé qui lui mangent le visage. Un physique exceptionnel qui lui a valu tant de succès auprès de la gent masculine.

Mais aujourd'hui, ses charmes se sont, semble-t-il, retournés contre elle, car bien qu'elle ait fait un peu de contrebande sur les lunes d'Athos et de Rembard, ce n'est pas de cela qu'on l'accuse. Non. Elle, elle a tout simplement osé manquer de respect au Grand Ordonnateur. C'est cela son crime. Certes, elle l'a giflé, mais c'était de la légitime défense ! Lui, il a bien tenté d'abuser d'elle ! Mais dans ce XXIIe siècle troublé, la Loi c'est Lui et rien ne doit Lui être refusé.

Ève maudit le jour où le Grand Ordonnateur l'a convoquée, ayant probablement eu vent de quelques-unes de ses frasques dans sa garde personnelle. Il ne s'attendait pas à rencontrer une femme d'une telle beauté et, ébloui dès le premier regard, il a immédiatement manifesté le désir d'en faire son épouse. Malgré une cour assidue, il n'a obtenu en fin de compte qu'un refus. Alors il en a eu assez et a fondu sur Ève, tel un aigle sur sa proie, recevant en retour une gifle cinglante. L'affaire aurait pu en rester là si le premier conseiller n'était arrivé à cet instant précis et n'avait assisté à toute la scène.

Ève ne sait pas véritablement si son emprisonnement est la conséquence de l'acte lui-même ou de l'affront subi par le Grand Ordonnateur, mais elle connaît la sentence : l'acte de violence perpétré sur la personne même du Grand Ordonnateur entraîne la mort par crémation. Et en 2145, la justice est expéditive : à peine dix minutes devant le Haut-Conseil et la condamnation tombe.

Demain au petit matin, les gardiens ne sortiront Ève de son trou que pour l'enfermer dans l'enceinte d'incinération.

Auparavant, les Pasteurs de Zion viendront devant sa cellule et entonneront leur chant mortel, invitant les dieux de Zion à accueillir l'âme perdue de cette criminelle. Ils enverront ensuite « Ève à Zion », répétant ces mots vingt-trois fois, selon le rituel des vingt-trois lunes de Zion.

Les mots « Ève à Zion » sonnent étrangement dans l'esprit d'Ève, comme un message lointain. Forment-ils une expression de l'ancienne langue devenue depuis longtemps obsolète ? Beaucoup de mots se sont perdus depuis que les gouvernements des États Unifiés ont imposé la création d'une langue unique, empruntant des termes aux dialectes des différentes planètes de la Fédération.

« Ève à Zion » : le message semble important, primordial, il s'agit peut-être même d'une question de survie. Ève le sent jusqu'au fond de ses tripes. Elle se surprend à le répéter, se rend compte que cela l'apaise. Ce comportement est incompréhensible et complètement fou puisque ces termes signent logiquement son issue funeste.

Comme une litanie, elle prononce les mots, elle sait qu'elle doit agir ainsi, même si elle n'en comprend pas le sens ultime. Tout son corps dans une attitude de prière, elle murmure en croisant les doigts. Elle n'a jamais véritablement prié mais là, au seuil de la mort, elle interpelle les dieux de Zion, comme pour insister sur l'injustice de sa situation.

Au bout de plusieurs heures de ce rituel, elle s'endort, épuisée.

L'humidité ambiante et un goût de sel sur les lèvres la réveillent plusieurs heures plus tard. Elle ouvre les yeux et les referme aussitôt, éblouie par la clarté du jour qui tranche douloureusement avec la pénombre de sa cellule. Ses mains se referment sur du sable humide.

Son corps endolori, échoué sur une plage ensoleillée, lui rappelle une lutte dont elle n'a aucun souvenir. Les vagues lèchent le bas de sa jupe déchirée. Plissant les yeux, elle s'assoit en grimaçant et jette un œil alentour.

Un couple s'approche d'elle à pas lents. Ils sont tous les deux très grands et habillés de blanc. Lorsqu'ils parviennent à quelques mètres, Ève remarque également qu'ils sont fantastiquement beaux.

En arrivant près d'Ève, l'homme s'agenouille et la regarde avec attention. Elle parvient à articuler :

– Où suis-je ?

– Vous êtes sur l'île de Zion.

– Je… Je suis morte ? Je suis au Paradis ? demande-t-elle interloquée.

La femme et l'homme éclatent de rire, mais devant le regard perdu d'Ève, l'homme redevient vite sérieux et explique :

– Mais non, pas du tout… Vous êtes bien parmi les vivants. L'île de Zion fait partie de la planète Zarançon, troisième planète du système solaire arcturien.

Ève reste muette d'étonnement. L'homme demande à son tour :

– Comment êtes-vous arrivée ici ?

– Je… Je n'en sais rien… Je ne comprends pas… Hier, j'étais… Mais Ève préfère ne pas terminer sa phrase, ne souhaitant pas dévoiler son passé récent de criminelle.

– Oui ? Où étiez-vous hier ? insiste la femme qui prend la parole à son tour.

– J'étais… ailleurs. C'est la seule explication qu'Ève trouve à donner.

– Ailleurs ? s'exclament les deux habitants de l'île de Zion.

Ils se regardent… Décidément, cette femme assise sur le sable est bien étrange. À l'évidence, elle est désorientée, mais après tout, elle n'a pas l'air dangereuse. Elle est bizarre, oui sûrement mais, ils en sont persuadés, totalement inoffensive.

L'homme poursuit :

– Comment vous nommez-vous ?

– Ève.

– Eh bien, Ève, que diriez-vous de venir vous sécher et vous restaurer chez nous ?

– Je ne sais pas si je peux… Vous ne me connaissez pas… Je ne veux pas abuser…

– Ah mais vous n'abusez pas du tout ! L'hospitalité des Zarançoniens dépasse les frontières de ce système solaire. Vraiment, vous nous obligeriez en acceptant notre invitation.

Et, joignant le geste à la parole, il aide Ève à se lever.

Ève accompagne donc Irona et son époux Adanin dans leur demeure en remerciant secrètement les dieux, de Zion ou de tout l'univers, de lui avoir rendu sa liberté, même s'ils s'y sont pris d'une manière très singulière.

Au même moment, à quelques années-lumière de là, le jour se lève dans la prison de Destinia. Les Pasteurs de Zion ont terminé leur litanie, ayant répété vingt-trois fois « Ève à Zion », selon le rituel des dieux de Zion.

La porte de la cellule d'Ève est ouverte. Les chaînes sont déverrouillées. Le bourreau s'avance et annonce, d'une voix d'outre-tombe : « Ève, levez-vous, c'est l'heure ! » Seul le silence lui répond. Il tente de distinguer l'intérieur de la geôle mais il fait trop sombre. Alors il répète solennellement : « Ève, levez-vous, c'est l'heure ! » Mais rien ne bouge. Il demande alors qu'on éclaire l'intérieur de la pièce et découvre avec stupeur qu'elle est vide.

Deux gardes sont immédiatement envoyés pour inspecter l'ensemble des cachots mais ils reviennent bredouilles. L'émotion est à son comble. Le Grand Ordonnateur en personne pénètre à son tour dans la pièce étroite pour en avoir le cœur net. Quand il ressort, ses mains tremblent, preuve d'une colère difficilement réprimée à l'intérieur de son être. Il demande des explications au Maître Suprême de la Garde : seul un complice a pu faire sortir Ève ! Qu'on lui amène le responsable sur-le-champ ! Il faut trouver celui qui a osé commettre cette infamie en laissant fuir une criminelle !

La nouvelle se répand dans tout Destinia : les gardes ont laissé échapper celle qui a osé lever la main sur le Grand Ordonnateur. La sentence ne pourra pas être exécutée ce matin. Et quand le sera-t-elle d'ailleurs ? Il faut d'abord retrouver la prisonnière…

Et pendant ce temps, très loin de la prison de Destinia, Ève se restaure sur la paradisiaque île de Zion, en compagnie d'Irona et Adanin, ses nouveaux amis.

DÉ-FORMATION

Un jour de printemps, une salle de cours, des stagiaires et deux formateurs. Et la chaleur qui assomme tout le monde. Nous sommes en avril, mais la canicule a déjà étendu ses bras étouffants sur la belle ville de Rennes.

Malgré les persiennes, le soleil parvient à entrer par les fenêtres que nous avons ouvertes dès le début du cours, dans l'espoir illusoire d'un quelconque courant d'air.

Les deux tiers des stagiaires luttent pour ne pas s'endormir, les autres pour ne pas mourir de soif. Brieuc, mon collègue responsable de la partie technique du cours, est assis à quelques mètres, totalement immobile. Seuls ses yeux vifs et concentrés prouvent qu'il est encore « en vie ».

Tout en poursuivant ma démonstration, je jette un coup d'œil à ma bouteille d'eau sur le bureau : elle est vide. Je puise dans mes ressources pour extraire les quelques rares gouttes de salive encore à ma disposition.

Nous rendons ce jour-là des devoirs dont la moyenne ne dépasse pas sept sur vingt, c'est un peu décevant.

Depuis trois jours nous tentons, semble-t-il en vain, d'inculquer les bases méthodologiques de la synthèse de texte à ces postulants à la promotion professionnelle, évolution qui passe par un concours et cette épreuve de français particulièrement ardue. Pour ces femmes et ces hommes qui font l'effort de m'écouter sous la touffeur accablante, l'enjeu est important. Alors je rassemble mes dernières forces et termine enfin ma partie de cours. Ma soif est toujours aussi intense, presque douloureuse. Je passe le relais à Brieuc. J'espère que sa pédagogie et son dynamisme vont maintenir tout le monde en éveil, en commençant par moi.

Je m'assois et l'épaule bien calée contre le mur de droite, une irrépressible envie de dormir m'envahit. Mais je tiens bon. Brieuc enchaîne et insiste sur la nécessité du travail personnel. Les mots sont portés avec conviction et semblent atteindre leur but, les stagiaires sont soudainement plus attentifs et l'air me paraît moins lourd…

Une sensation étrange me parvient « d'en bas ». Je me penche discrètement, mais n'aperçois que le bout de mes chaussures posées sur le carrelage beige de la salle de cours. Une idée saugrenue me traverse l'esprit : « Il est beau ce carrelage, on dirait du sable ». C'est curieux, j'ai l'impression que, par endroits, le sol ondule. La chaleur doit très certainement troubler ma vue ! Je me concentre à nouveau et reporte immédiatement mon attention sur le discours de mon collègue : « Utilisez toujours un vocabulaire concret, professionnel… »

Maintenant, je ressens d'insolites vibrations dans mon épaule contre le mur. Je me redresse sur ma chaise, le dos bien droit, pour ne pas m'assoupir. Mais il est certain que quelque chose ne tourne pas rond : une brise tiède et légère caresse mon visage. D'où provient-elle ? Je suis entourée de murs, mais celui de droite est bizarre. Translucide par endroits, il semble « couler » vers le bas. J'ôte mes lunettes et me frotte les yeux. Et le mur s'efface lentement…

Au fond de la classe, quelqu'un a remonté les persiennes, mais je ne vois que du blanc au-delà. Je suis déstabilisée, je me sens inquiète. L'air est beaucoup plus respirable, sans raison.

L'attitude des stagiaires a complètement changé : ils sont tout à coup très détendus, souriants, prenant visiblement plaisir à être là. Une phrase de Brieuc me fait sursauter : « Gwedalyn et moi-même sommes très satisfaits du travail que vous avez accompli, les résultats sont là… » Je pense que mon collègue n'est pas très exigeant et j'ai le sentiment désagréable d'être trahie. Ce n'est pas du tout le message que nous avions initialement prévu de faire passer.

Le paysage autour de moi me ramène à la réalité, il poursuit sa métamorphose. Les murs de la salle ont maintenant complètement disparu laissant deviner, au-delà d'une brume très inhabituelle, un magnifique paysage ensoleillé. J'entends le bruit des vagues au loin alors que Rennes est à une centaine de kilomètres de la mer. Le vent amène des saveurs fruitées. Mes pieds nus sont posés sur le sable, à côté de la paire de sandales que je viens machinalement d'enlever. Mon inquiétude s'est évanouie, remplacée par une sensation de calme et de bien-être.

Je regarde les stagiaires l'un après l'autre : ils ont échangé leurs habits de ville contre des vêtements aux couleurs vives et bariolées, qu'on s'attendrait plus à trouver dans les magasins de Copacabana qu'en Bretagne. Malgré le trouble de mon esprit, j'entends très clairement les propos de mon collègue : « Bien que vos notes soient excellentes, vous devez cependant poursuivre vos efforts pour mettre toutes les chances de votre côté… » Je pense que, décidément, Brieuc a perdu la tête : « des notes excellentes », pourquoi raconte-t-il n'importe quoi ? Cela ne lui ressemble pas. Je me tourne vers lui pour exprimer mon désaccord, mais je reste muette tant mon étonnement est grand : Brieuc porte une chemise fleurie (!) qui retombe sur un short blanc (!!). À ses pieds, des espadrilles (!!!) complètent sa tenue inhabituellement décontractée.

Autour de nous, la brume s'est levée, laissant apparaître une plage exotique ombrée de palmiers. Au loin, une mer émeraude me donne envie d'y plonger.

Brieuc rend les copies en annonçant les notes : « quinze, douze, dix-sept : excellent ! » J'hallucine ! En fait, dans cette situation invraisemblable, ce sont les notes qui me paraissent les plus anormales. Je m'habitue étrangement à l'environnement, je m'y sens bien. Cette plage semble avoir été créée uniquement pour nous. Il n'y a pas âme qui vive alentour. J'aperçois au loin un récif de corail qui se dresse, tel un cube immense posé sur la mer. À l'extrémité de la plage, une bande de pins colonnaires perce le ciel.

Je connais cet endroit : nous sommes à n'en pas douter sur l'Île des Pins. En vingt ans, elle n'a pas changé, toujours aussi belle et majestueuse, comme une opale posée sur un écrin turquoise : magnifique, inoubliable. Nous venons de nous transporter à quelque onze mille kilomètres de Rennes où le cours a débuté. Mais le plus étrange c'est que, maintenant, je trouve tout cela normal, comme si mon cerveau était anesthésié par la magie du lieu, par le charme envoûtant de cette plage immaculée, de cet endroit que je qualifie de paradis sur terre.

Le cours est terminé. Le bruit des chaises déplacées par les stagiaires me sort de ma rêverie. Une voix lointaine m'appelle : « Gwedalyn ! ». Je cherche Brieuc des yeux, mais j'ai beau regarder autour de moi, il n'est plus là, probablement parti en même temps que tous les autres.

Puis, en une seconde, le paradis fait place à l'enfer. Il fait nuit, je suis seule face à quelques bureaux délabrés. Des chaises cassées ont été entassées à la va-vite devant ceux-ci. Les palmiers ont disparu et j'ai froid. Un vent glacé écorche ma joue. Le rêve vire au cauchemar. J'entends les vagues de la tempête se briser violemment sur les rochers. Au milieu de ce fracas, émerge à nouveau la voix qui insiste : « Gwedalyn ! Gwedalyn ! Réveille-toi ! »

Je parviens à ouvrir un œil, ma joue est au contact d'un objet froid, je relève la tête. Jowan, mon mari, se tient devant moi : « Il est minuit passé ! Viens donc te coucher plutôt que de dormir sur tes copies ! »

C'est donc cela : je me suis écroulée de fatigue sur la table. Je frotte machinalement ma joue comme si elle avait gardé une quelconque trace du papier sur laquelle elle était posée, elle est humide : ai-je pleuré dans mon rêve ? Quelques larmes ont alors pu mouiller les copies. Je regarde les feuilles étalées sur mon bureau, elles sont sèches. Je suis soulagée. Je passe la main dans mes cheveux : ils sont humides eux aussi. Comment expliquer cet étrange phénomène ? Mais ma réflexion est immédiatement interrompue par les appréciations sous mes yeux. Les notes écrites en rouge me sautent au visage : un neuf, un six, un huit… Non, aucun charme n'a agi durant mon sommeil, et pourtant… Pourtant, j'aurais tant aimé que mon rêve devienne réalité !

Jowan remonte dans la chambre à coucher. Je chausse mes pantoufles pour le rejoindre, mais mes orteils heurtent une matière désagréable. Je retire aussitôt mon pied et secoue vivement le chausson : quelques grains de sable s'en échappent et se répandent sur le carrelage. Ce sable presque blanc qu'on ne trouve que là-bas, dans cet archipel néo-calédonien à l'autre bout de la Terre…

RETOUR À TZIREL

J'ai appris, dans le journal intergalactique, la disparition de Maëlis, ma sœur. Mais que lui est-il donc passé par la tête ? La plage interdite ! Il faut dire que, depuis qu'elle est toute petite, sa curiosité l'a entraînée dans des situations plus ou moins dramatiques, alors un jour ou l'autre, ça devait mal finir…

Le même jour, plus tard

Maëlis, je n'avais plus que toi, pourquoi ne m'as-tu rien dit ? Je t'aurais fait changer d'avis, tu serais encore là, près de moi…

Encore plus tard

Disparue… cela ne signifie pas morte cependant… Alors l'espoir me nourrit et me ronge à la fois. Si j'avais vu ton corps, j'aurais pu l'embrasser une dernière fois, baiser ton front pâle comme je le faisais lorsque nous étions enfants, te regarder partir dans ton habit mortuaire, caresser encore ta mèche rebelle. Enfin, je pourrais faire le deuil. Mais là, je n'ai rien, rien que l'ignorance de ce que tu es devenue.

Ah ! C'est intolérable !

Le lendemain

Ton carnet de bord m'est parvenu aujourd'hui, retrouvé sur le camp de base que tu as installé sur Adamante, tout près de Tzirel. J'ai posé ma joue sur la surface lisse et glacée. En récupérant les données sur mon ordinateur, j'ai lu, avec émotion, tes derniers mots. Comment as-tu pu m'abandonner, moi, ton frère bien-aimé ? Quelle folie !

Ton absence remplit mes jours et je ne peux m'empêcher de penser que si je t'avais accompagnée, je t'aurais sauvé la vie. Ah ! Si seulement j'avais été là…

Deux jours plus tard

Ton visage m'obsède, j'ai fait des recherches sur Tzirel. C'est à la fois énervant et inquiétant de ne pas savoir… de ne pas connaître le sort que la plage maudite t'a réservé, quels maléfices hantent cet endroit…

Une semaine plus tard

J'ai pris une décision : je vais partir à ta recherche. J'ai demandé à Vansyli et Helcim de m'accompagner. Ils ont accepté. Il faut que j'aille là-bas, il faut que je sache ce qui s'est passé, il faut que je marche sur tes pas, Maëlis. Il faut que je comprenne.

Vansyli connaît bien Adamante. Il a même déjà survolé la plage de Tzirel, assez haut cependant à cause des courants électromagnétiques qui perturbent les appareils.

C'est d'ailleurs lui qui met son astronef à notre disposition pour le voyage. Cela simplifie les choses, nous n'aurons pas les mêmes difficultés que Maëlis pour nous rendre là-bas.

Je descendrai le long d'un câble au-dessus de la plage pour observer ce qui se passe puis, si tout est calme, je me poserai, avec la sécurité d'être toujours relié à l'astronef. Ainsi, rien ne pourra m'arriver.

Que vais-je trouver là-bas ? Je l'ignore. Un corps, un vêtement, le moindre indice qui puisse répondre à cette question lancinante : morte ou vivante ?

Et encore une semaine plus tard

Le voyage s'est bien passé, sans incident notable, à l'exception d'une fuite de Treflidium entre Vénus et Aurora. Heureusement, D2-R2, l'astro-mécanicien, a rapidement effectué la réparation et nous avons repris le vol moins d'une astro-heure après.

Nous avons bien ri quand Vansyli nous a expliqué pourquoi il nommait son robot au moyen de ces initiales pour le moins inhabituelles : D2-R2 (initialement, celui-ci s'appelait JMV1055, ce qui est tout de même plus courant !) C'était soi-disant en mémoire de son grand-père bricoleur qui était appelé ainsi pour ses talents en informatique spatiale. En revanche, Vansyli n'a pas su nous expliquer pourquoi on avait affublé son ancêtre de ces initiales bizarres.

Bientôt, nous survolerons Tzirel et la tension monte à l'intérieur de l'astronef.

Moins de trente minutes plus tard, la plage maudite est enfin là, juste en dessous de nous. Vansyli stabilise l'appareil, pendant que Helcim teste la solidité de mon harnais.

Je descends. Sous mes pieds, le sable de Tzirel se rapproche. L'endroit est désert et lugubre, bien que le soleil approche du zénith. Tout est calme et paisible, trop paisible. Les questions se pressent dans mon esprit : que vais-je trouver ? que va-t-il se passer ? obtiendrai-je des réponses ?

Alors que je suis à une centaine de mètres du sol, une sirène retentit : l'astropolice nous intime l'ordre de remonter le câble et de la suivre. Nous nous exécutons immédiatement.

En moins de temps qu'il n'en faut pour le dire, nous nous retrouvons dans le bâtiment de haute sécurité de la police d'Adamara (capitale d'Adamante). Je suis jeté sans ménagement dans une pièce exiguë sans la moindre fenêtre et pressé de questions par un inspecteur agressif. Celui-ci s'insurge contre le fait que nous faisons, selon ses propres termes, « semblant d'ignorer que la plage de Tzirel est située dans une zone interdite ». J'explique les raisons de notre présence ici et il réplique sèchement : « Avoir perdu votre sœur ne vous suffit pas, vous avez envie de disparaître vous aussi ? Et en plus, vous entraînez deux personnes vers un destin fatal ! »

L'interrogatoire ne semble jamais finir et j'envisage l'avenir sous un jour de plus en plus sombre. Puis l'inspecteur cesse de parler. Je crois sur le coup qu'il est à bout d'arguments, mais je me trompe ; il écoute un interlocuteur invisible, via son oreillette, et hoche la tête en silence. Après quelques secondes de réflexion, il m'annonce contre toute attente : « Vous êtes libres… tous les trois, mais que je ne vous y reprenne pas ! La chance ne vous sourira pas deux fois. »

Je retrouve Helcim dans le couloir, aussi étonné que moi. Vansyli tarde à nous rejoindre, mais j'aperçois sa silhouette trapue dans l'encadrement d'une porte. Il rit avec un homme que nous ne distinguons pas. Il a l'air de beaucoup s'amuser et nous rejoint avec un grand sourire en nous faisant comprendre que le silence est de circonstance.

Sans dire un mot, nous regagnons l'appareil. Alors que nous survolons la ville, je me demande pourquoi notre libération a été aussi rapide. Vansyli affiche un petit sourire de contentement que je ne comprends pas. Il pose l'appareil à quelques kilomètres de la banlieue et… éclate de rire ! Helcim me regarde, éberlué. En se tenant les côtes, Vansyli nous explique qu'au cours de ses précédents séjours sur Adamante, il s'est lié d'amitié avec le chef de la police. Tout à coup, je comprends que cette relation nous a permis aujourd'hui d'échapper à une condamnation. En plus, elle nous offre même un billet « sécurisé » pour Tzirel, à condition que nous y allions de nuit. Le chef de la police lui-même s'est engagé à ce que nous ne soyons pas dérangés !

La plage maudite de nuit ! Il ne manquait plus que ça ! De jour c'est déjà sinistre, mais de nuit… je n'ose pas l'imaginer !

De toute façon, nous n'avons pas le choix. Personne n'a envie de se retrouver face à un inspecteur. Il nous faut du matériel supplémentaire, notamment des phares plus puissants pour éclairer ma zone d'adamantissage et un laser circulaire omnidirectionnel pour moi.

Nous passons la nuit dans le premier hôtel venu et achetons ce dont nous avons besoin le lendemain matin. L'après-midi, nous flânons dans Adamara et passons en revue les différents détails de notre expédition nocturne.

Le soir venu, je redescends au-dessus de la plage de Tzirel, relié par le câble à l'astronef qui est stationné quelques mètres plus haut. J'ai l'estomac noué et je frissonne malgré la température relativement douce. Les phares de l'appareil éclairent une vaste zone où tout a l'air calme. Au-delà, c'est l'inconnu. J'ai l'impression que quelque chose bouge, dans la pénombre, à l'ouest. Je scrute l'endroit, je ne vois rien. Est-ce seulement mon imagination ?

Mes pieds touchent enfin le sol. Je fais un tour sur moi-même, je serre le câble d'une main pour me rassurer un peu. Il me semble entendre, entre le souffle du vent et le ressac de la mer non loin, des cris d'horreur étouffés par la distance. D'horreur, rien que ça ! Et pourquoi pas d'agonie pendant que j'y suis ! Je tends l'oreille, rien, à l'exception de mon cœur qui bat la chamade.

Je me reprends. J'essaie de calmer ma respiration. J'avance le long de l'eau, restant ainsi à distance de la bande de végétation dense qui recouvre une partie de la plage. J'essaye mon communicateur, mais comme prévu, il ne fonctionne pas : l'inexplicable champ électromagnétique de Tzirel empêche toute communication.

« Tout va bien… tout va bien… » Je me répète cette phrase dans ma tête, mais je continue de suer à grosses gouttes. Au fur et à mesure de mon avancée, la zone éclairée par les phares se déplace, preuve que, là-haut, ils ont une bonne visibilité et qu'ils me suivent sans problème. Je ne suis pas tout seul, mais mon pouls dépasse à l'heure actuelle les cent cinquante pulsations par minute (enfin, c'est l'impression que j'en ai) et je dégouline. D'où vient cette angoisse ? Je parcours la plage dans toute sa longueur : aucune trace de Maëlis.

Je reviens à mon point de départ, ne sachant que décider quand les phares de l'astronef s'éteignent en même temps que mon laser. Je me retrouve, en une seconde, dans l'obscurité la plus complète, à l'exception des reflets d'écume, là, sur ma droite. Je suis au bord de la panique. Je respire profondément, une fois, deux fois. Il faut que je remonte. Je tire à deux reprises sur le câble, pour signaler mon désir de quitter la plage. Rien. Je recommence encore et encore, toujours rien. Mais que se passe-t-il là-haut ? Instinctivement, j'actionne le communicateur qui reste totalement muet. Pas le moindre grésillement. Je suis au bord du malaise cardiaque. Je fais un pas en avant, machinalement, et je tombe dans un gouffre inconnu. Je pense que le câble va arrêter ma chute, mais non, quelque chose m'aspire irrésistiblement vers le bas. J'ai du mal à respirer, il fait chaud, ma tête bourdonne et c'est le néant.

– Gréor ! Gréor ! Réveille-toi !

Quelqu'un me secoue, une voix lointaine, j'ai envie de crier : « Laissez-moi dormir », mais aucun son ne sort.

– Gréor ! Mais que diable, fais un effort !

Une claque retentit sur ma joue. Je laisse échapper un murmure de douleur et une partie de ma conscience reconnaît la voix : Maëlis !

– Maëlis ?

– Ah ! Ce n'est pas trop tôt ! J'ai cru que tu n'allais jamais te réveiller.

J'entends une seconde voix de femme :

– Laisse-lui le temps, Maëlis, il a l'air complètement sonné !

– Oui, c'est vrai qu'il a mauvaise mine, mais que fait-il là ?

– Tu lui demanderas quand il ira mieux…

J'ouvre les yeux et la lumière du soleil m'éblouit, mais je me force à les garder ouverts. D'abord trouble, le visage de Maëlis m'apparaît plus nettement. Son expression est inquiète, elle me sourit. À quelques pas de là, une femme blonde range ce qui me semble être un camp de base. Malgré les bourdonnements dans ma tête, je parviens à articuler :

– Mais… je suis où ?

– Eh bien, à Tzirel ! T'as reçu un coup sur la tête ou quoi ?

– Tzirel… il faisait nuit… je tombais…

– Tu n'as pas l'air d'avoir les idées claires, mon vieux !

– Maëlis… je te cherchais… tu avais disparu…

– Disparu ! Elle est bien bonne celle-là ! Et disparu où ? Tu le vois bien, je suis là !

– Deux mois… que j'espère…

L'autre femme reprend :

– Je te le répète, donne-lui le temps de rassembler ses idées et viens plutôt m'aider à ranger les caisses dans l'astronef. Il ne va pas se sauver, de toute façon !

Maëlis se lève et s'éloigne. J'entends des frottements et le brouhaha d'une conversation. Je ferme les yeux, je sens que mon esprit commence à s'éclaircir et enfin, une idée submerge toutes les autres : Maëlis est vivante. Elle est vivante, elle est là ! L'émotion mouille mes yeux. Je parviens à m'asseoir, la tête me tourne un peu, mais ça va. Maëlis revient vers moi :

– Alors ? Tu te sens mieux ?

– Oui, je crois. Que s'est-il passé ?

– Je t'ai trouvé sans connaissance sur la plage et avec l'aide de Nadia, je t'ai amené ici.

– Non… Ce n'est pas de cela que je voulais te parler. Je voulais savoir où tu étais allée pendant ces deux mois.

– Mais, nulle part ! Que me racontes-tu donc ?

– Cela remonte au 2493e jour de l'ère fédérale xanthienne. J'ai visionné le journal intergalactique et j'ai appris que tu étais partie à Tzirel et que tu avais disparu. Depuis, personne ne t'a revue… jusqu'à aujourd'hui.

– Tu dis n'importe quoi ! Nous sommes arrivées hier, nous avons dormi ici et nous avons exploré la plage et…

– Et qu'y avez-vous trouvé ? questionné-je, soudain curieux.

– À part toi, rien d'intéressant.

– On m'a rapporté ton carnet de bord…

– Mon carnet de bord ? Tu délires ! Il est juste là, je l'ai rangé avant de partir en exploration. Attends une minute…

Maëlis fouille son sac et ne trouvant pas ce qu'elle cherche, visiblement excédée, elle en vide le contenu à terre, mais elle doit se rendre à l'évidence : il n'y a nulle trace de son carnet.

J'ouvre alors ma veste avec l'intention de lui rendre le précieux objet lorsque je me rends compte de l'absence de mon harnais, je blêmis :

– Maëlis ?

– Oui ?

Mais elle ne m'accorde qu'une attention distraite, contrariée par la disparition de ses notes.

– Quand tu m'as trouvé, j'avais un harnais et j'étais relié à un câble, n'est ce pas ?

– Heu… elle réfléchit… Non. Nous t'avons ramené tel que tu es maintenant.

Mais alors, que sont devenus Vansyli et Helcim ?

Je sors finalement le carré métallique de la poche intérieure de ma veste et le tends à Maëlis :

– Tiens, ton carnet.

Elle est totalement éberluée :

– Comment ? Comment est-il arrivé là ?

– Je viens de te l'expliquer, les autorités me l'ont fait parvenir il y deux semaines environ, soit un mois et demi après ta disparition.

– Mais ce n'est pas possible, je te dis que nous sommes arrivées hier !

Et prenant sa compagne à témoin « N'est-ce pas, Nadia ? » Celle-ci intervient alors :

– En effet, Gréor, tu as dû prendre un sérieux coup sur la tête parce que Maëlis te dit la vérité. Le mieux, c'est que nous rentrions et que tu voies un hippocratiste[1] rapidement, il te remettra les idées en place !

Sans faire de commentaire, je me glisse à l'arrière de l'astronef et nous décollons. Je me demande où sont Vansyli et Helcim. Je les contacterai en arrivant à l'astroport puisque, dans l'environnement de Tzirel, les communications ne fonctionnent pas. À tout hasard, j'ai envie de poser la

1. Hippocratiste : équivalent des médecins du début du XXIe siècle.

question à Maëlis, au cas où elle les aurait vus et qu'elle aurait omis de m'en parler. Cela me semble improbable, mais je dois vérifier.

Je m'apprête à ouvrir la bouche lorsque je m'aperçois qu'elle fixe quelque chose devant elle. Je regarde par-dessus son épaule et je comprends. Au milieu du tableau de bord apparaît la date d'aujourd'hui : *2694*. Nous sommes le jour *2694* de l'ère néogothibienne. Maëlis est en train de réaliser que deux mois se sont bien écoulés depuis son départ, deux mois qui n'ont pas existé pour elle et pendant lesquels j'ai nourri l'espoir de retrouver ma sœur. Je pose ma main sur son bras, elle se tourne vers moi, elle est extrêmement pâle :

– Je ne comprends pas, dit-elle, que s'est-il passé ?

– Je l'ignore… Tu conçois, maintenant, mon inquiétude.

Elle hoche la tête en silence.

Elle laisse passer quelques secondes et reprend :

– Oui, mais c'est angoissant de savoir que ces deux mois n'ont pas existé ni pour moi, ni pour Nadia. Que nous est-il arrivé ? Pourquoi n'avons-nous gardé aucun souvenir de tous ces jours ? Où étions-nous ? Qu'avons-nous fait pendant tout ce temps ?

Questions stériles auxquelles je ne peux apporter de réponse. Nadia est restée muette pendant toute notre conversation, mais je vois bien qu'elle est perturbée. Elle a crispé ses mains sur les manettes et elle tente de rester concentrée à l'approche de la manœuvre d'adamantissage. Visiblement, cela lui coûte.

J'essaie de joindre Vansyli et Helcim, sans succès. C'est inquiétant à la fin ! Je devrais au moins avoir leur messagerie et je n'ai rien… que du silence.

Maëlis poursuit :

–Nous devons y retourner, il faut comprendre ce qui s'est passé !

– Tu n'y penses pas, répondis-je violemment, tu es impossible ! Repartir là-bas ! Et si tu disparaissais définitivement ! Et Vansyli ! Et Helcim ! Je suis sans nouvelles d'eux et je n'arrive pas à les joindre ! Sais-tu ce qu'ils sont devenus ?

Maëlis est bien obligée de se rendre à l'évidence que ce serait pure folie de se rendre à nouveau à Tzirel. Et non, elle n'a aucune idée de ce qui est arrivé à mes compagnons.

Nadia éteint les moteurs et déclare :

– Si ça se trouve, ils vont réapparaître dans deux mois, comme nous.

– Pourquoi dis-tu cela ? demande Maëlis en ouvrant des yeux ronds.

– Je ne sais pas… c'est vrai, pourquoi ai-je dit ça ? C'est idiot après tout.

Nous la regardons tous les deux. C'est bizarre, mais je sens que ce n'est pas si illogique que ça… ou peut-être ai-je tout simplement envie d'espérer que je reverrai mes amis. J'ai besoin de m'accrocher à quelque chose, n'importe quoi. Maëlis et Nadia sont bien revenues, alors…

Maëlis reprend :

– Vansyli et Helcim vont probablement réapparaître, comme nous, mais pourquoi dans deux mois ?

Je réfléchis : et pourquoi pas ? Et si cela était, j'aimerais bien y être... dans deux mois... Histoire de vérifier cette hypothèse.

Je fais promettre à Maëlis qu'elle ne repartira pas là-bas, du moins pour le moment. C'est décidé, nous allons suivre l'inexplicable intuition de Nadia et nous reviendrons dans deux mois, à la recherche d'éventuelles traces de Vansyli et d'Helcim. D'ici là, nous allons enquêter, récolter la moindre bribe d'information sur Tzirel pour en comprendre l'étrange phénomène : est-ce une faille temporelle ? Un enlèvement ? Des expériences obscures avec effacement de la mémoire ? Je sais que Maëlis ne me lâchera pas tant que nous n'aurons pas un début de réponse.

Il fait beau sur Adamante, c'est bientôt l'été. Cela fait une semaine que j'ai retrouvé Maëlis. Aujourd'hui, nous prenons congé de Nadia, à regret, pour elle comme pour moi. Je reconnais que je me suis attaché à cette aventurière blonde. Mais je sais que nous la reverrons bientôt, lors de notre prochaine expédition à Tzirel.

Durant cette semaine, j'ai demandé une audience au chef de la police. Celui-ci a accepté de me recevoir, du fait des liens qui l'unissent à Vansyli. Je lui ai signalé sa disparition. Il a promis de mener une enquête de son côté et d'effectuer des rondes régulières près de la zone interdite, assez près pour repérer une quelconque présence de mes amis, au cas où ils réapparaîtraient plus tôt que ce que nous avons envisagé.

Nous avons également grappillé quelques maigres informations ici et là. Nos recherches nous orientent vers

Adrénotia, une planète voisine. Nous avons appris qu'elle recelait un champ électromagnétique comparable à celui de Tzirel, bien que moins étendu. Mais ce qui nous a surtout interpellés, c'est que ce champ est actuellement étudié par un groupe de scientifiques. Ils n'ont rien publié à ce jour, mais qu'avons-nous à perdre à leur poser quelques questions : rien.

Un dernier au revoir et Nadia repart pour d'autres aventures. J'attends la prochaine liaison pour Adrénotia. Maëlis m'accompagne, curieuse de savoir ce que nous allons y apprendre. Elle espère comprendre la raison de ces deux mois oubliés…

À suivre…

OISEAU DE MER

Il est des amours changeantes comme le temps au bord de la mer. Calme en début de journée, il peut se transformer dans les heures suivantes, en une véritable tempête et subir une accalmie quand la nuit remplace le jour.

C'est l'histoire de cet amour que je vais vous conter, l'histoire improbable entre un homme-sirène et une femme-oiseau.

Au large de l'ancienne ville de Brest, depuis longtemps envahie par le sable, une femme-oiseau voletait. Elle guettait la marée descendante pour se nourrir de quelques vers de sable et divers crustacés piégés dans le goémon. Posée sur un rocher affleurant l'eau, elle scrutait la plage de ses yeux arc-en-ciel. De temps à autre, elle lissait avec son bec rosé l'une de ses plumes mouillées par les embruns…

Et alors que la plage se dénudait enfin, libérée des coups de langue répétés de la mer, elle le vit sortir de l'océan. Jamais elle n'avait vu d'être aussi rayonnant. Sa peau était dorée comme les trésors dont parlent les légendes. Sa longue nageoire caudale posée sur le sable, il se tenait sur ses bras et ses muscles bandés la faisaient frissonner.

Elle vola jusqu'à lui et en se posant, « enfila » sa robe de nacre. Il la regarda, d'oiseau, se transformer en femme alors que ses propres écailles disparaissaient peu à peu laissant la place à des jambes fortes et musclées. Il ne parla pas, elle ne dit rien. Elle le regardait, fascinée par son regard qu'elle avait cru d'azur tout d'abord, un regard profond comme une aigue-marine. Mais maintenant qu'elle approchait, elle s'aperçut qu'il avait des yeux outremer, aux couleurs changeantes de l'océan sous un ciel nuageux.

Cela faisait longtemps que ces contrées n'abritaient plus d'humains tels qu'on en rencontrait encore au début du millénaire. Désormais, toutes sortes de races hybrides peuplaient la terre et s'étaient adaptées d'étonnantes façons : certaines espèces parvenaient, comme nos deux protagonistes, à se transformer totalement en humain, d'autres restaient mi-humain mi-animal, d'autres encore gardaient seulement une conscience humaine dans un corps animal.

Ils passèrent la journée ensemble, main dans la main. Il ne parlait pas, elle pensa qu'il avait perdu l'usage de la parole au cours de sa mutation. Au coucher du soleil, il la regarda intensément et ses yeux avaient retrouvé la clarté qu'elle avait saisi un court instant au matin, puis il tomba et ses jambes disparurent sous un flot d'écailles. À la faveur d'une vague plus forte que les autres, il disparut en deux coups de nageoire.

Il est des souffrances comme la marée : soudaines, fortes et proches. Elles finissent par s'en aller au loin, jusqu'à ne plus les voir, plus les ressentir, mais elles reviennent à la vitesse d'un cheval au galop et se fracassent violemment à l'intérieur des êtres.

C'est ce qu'elle ressentit lorsque, à la fin de la première journée, il la quitta.

En le voyant partir ainsi, si vite, elle eut l'impression que son corps allait exploser. Elle eut besoin de légèreté et reprit sa forme animale pour voler, voler, voler le plus haut qu'il lui fut possible comme pour exorciser sa douleur de ne pas lui avoir dit qu'elle l'aimait, de ne pas savoir si elle allait le revoir, si elle pourrait à nouveau sentir sa main dans la sienne. Elle erra une partie de la nuit puis se posa dans un creux de rocher. Abrutie de fatigue, elle finit par s'endormir.

Aux premières heures du jour, elle se posa à l'endroit exact où il était apparu la veille, l'attendant, l'espérant. Elle était impatiente, le doute l'envahissait. Et s'il ne revenait pas ? Cette pensée lui était intolérable. Et puis il lui sembla apercevoir un mouvement à la surface de l'eau et en une fraction de seconde il fut là, devant elle. Il était tellement proche qu'elle put enfin voir la transformation de ses yeux : ils étaient d'abord d'un bleu très clair, presque transparents, célestes lorsqu'il sortait de l'eau, puis ils s'assombrissaient peu à peu pour s'adapter à la lumière du jour.

Il lui sourit et lui prit la main exactement comme la veille. Elle n'avait pas attendu en vain. Il était bien présent. Elle pouvait le toucher. Il semblait heureux de la retrouver. Il articula un timide bonjour. Elle sursauta. Entendre cette voix rauque, un peu brisée était inattendu. Elle était persuadée qu'il ne parlait pas. Elle laissa passer quelques instants et répondit :

– Je pensais que tu avais perdu l'usage de la parole. Hier, tu n'as rien dit de toute la journée.

– Il fallait que je retrouve mes mots. Cela fait tellement longtemps que je vis dans la mer que j'ai presque oublié le langage de l'humanité.

Elle comprit alors qu'il ne rencontrait pas souvent d'autres êtres humains. Peut-être était-elle la première depuis des années. Il s'exprimait en hésitant, mais elle le comprenait parfaitement.

Il reprit :

– Je viens sur la plage une fois par an, lorsque les jours sont les plus longs, car j'ai besoin de la lumière du soleil pour reprendre forme humaine.

– Moi, il me suffit d'y penser et je redeviens femme.

– Une très belle femme, soupira-t-il d'un air rêveur…

Elle sentit sa douleur, elle eut mal tout à coup sans raison. Elle avait besoin de comprendre :

– Qu'y a-t-il ? Que se passe-t-il ? Pourquoi es-tu triste tout à coup ?

– Ce soir, je redeviendrai homme-sirène et repartirai vers le large pour une année, et je ne te verrai plus.

– Mais ce n'est pas possible ! protesta-t-elle. Tu ne peux pas me laisser, j'ai besoin de toi !

Et, beaucoup plus bas, elle ajouta : « je t'aime. »

– Je ne mérite pas ton amour, ô belle femme-oiseau, je ne suis plus un homme et chaque année, cette transformation m'est de plus en plus difficile. Je ne suis même pas sûr de pouvoir retrouver une apparence humaine l'année prochaine.

Elle ne savait que répondre, elle était brisée, désespérée. Elle lâcha sa main. Elle voulut s'enfuir, il la rattrapa et l'enlaça avec une tendresse qui la fit sangloter. Ils s'allongèrent près de l'eau, sensibles au désir qui naissait entre eux. Bientôt, dans une vague de sable, ils ne firent plus qu'un, jouissant d'un moment volé au temps qui avait fait d'eux des êtres incomplets.

Ils s'endormirent ainsi, l'un contre l'autre.

Elle se réveilla seule, le corps habité encore du plaisir qu'ils avaient partagé. Elle le chercha du regard : il était assis à quelques mètres. Au loin, le soleil flirtait déjà avec la ligne des flots. Ils se levèrent d'un même mouvement et, main dans la main, se dirigèrent vers la mer. Il tenta de rester debout le plus longtemps possible puis il tomba, exactement comme la veille, alors que les écailles recouvraient ses jambes. Il la fixa une dernière fois, de ce regard qui resterait gravé en elle, si clair à l'approche de la séparation, puis il disparut dans l'océan.

Seule sur la plage, elle revêtit ses plumes couleur d'écume et resta longtemps immobile. Elle n'était plus qu'un bel oiseau immaculé sur le sable blond, contemplant la mer qui avait englouti son amant.

Que vaut l'amour s'il ne peut être partagé ? Si son avenir est incertain ? Si les deux êtres sont séparés à jamais ?

Il est des amours comme les incendies de forêt, ils brûlent tout sur leur passage. Au moindre souffle de vent, au moindre souvenir, ils reprennent avec plus de vigueur pour ne semer que mort et destruction.

Durant une année entière, elle scruta la plage dans l'espoir de le voir réapparaître. Elle restait sous sa forme oiseau, préservant ses formes féminines uniquement pour lui. Mais le jour le plus long de l'année, il ne revint pas. Elle l'attendit toute la nuit et les deux jours suivants, mais nul homme-sirène n'émergea pour venir à sa rencontre.

Elle comprit qu'elle ne le reverrait plus. Alors, pour ne pas mourir de douleur, elle partit loin, très loin de la mer et ne revint jamais sur la plage où elle l'avait tant aimé.

Pendant des mois, elle vécut au milieu des oiseaux, en espérant qu'elle finirait par oublier, comptant sur son animalité pour effacer toute trace de sentiments.

Puis un jour elle réalisa que son humanité lui avait permis de vivre ce qu'aucun animal ne pouvait partager : un amour vrai et unique, et elle s'apaisa. Elle se rappela une phrase enfouie au cœur de sa mémoire :

« Quand tu aimes, la lumière de Dieu brille sur toi ».

Elle sut alors que toutes les amours valent la peine d'être vécues… même les plus improbables.

ATTENDRE

Attendre les mains dans le sable
Celui qui ne viendra pas
Qui ne regarde pas
Qui n'aime pas

À celui dont les yeux ont volé la couleur
Du ciel, de la mer, de la vie, remplissant d'horreur
Chaque seconde de mon existence, vidée de son essence
Me condamnant à une éternelle errance.

Attendre en regardant
Les astres bordés de pourpre et d'or
S'échapper des vagues et s'élever au dehors
Tel un navire céleste retournant au port.

Attendre que les yeux déversent leurs larmes
Contre le désespoir ultimes armes
Qui s'écoulent le long des sillons
Creusés dans le sable jusqu'aux tréfonds.

Mais les yeux restent secs
À force d'avoir trop pleuré
Mais le cœur reste dur
À force d'avoir trop saigné
Et la mer reste d'huile
D'avoir trop espéré.

RÉPONSE

Tu auras beau m'attendre
Je ne viendrai pas
Tes mains vers moi tendre
Mon cœur ne t'appartient pas

Mes yeux se posent sur une autre
Qui emplit d'amour ma vie
Je ne peux être l'apôtre
Que de ta douleur infinie

Tes mains resteront dans le sable
Abandonnées et pétrifiées
La terre de tes jours ne sera arable
Que grâce à tes larmes versées

Je sais que tu m'aimes
Mais le destin nous a roulés
Je ferais l'effort quand bien même
Il est trop tard pour tout changer

Cesse d'espérer et de désespérer
Et la vie tranquillement reprendra
Cesse de pleurer de sangloter
Et le soleil à nouveau t'éclairera.

LES ÉCUREUILS DE CASSENEUIL

Il paraît que, dans le village de gîtes « Les Trois Rivières », situé dans la petite commune de Casseneuil à mi-chemin de Bordeaux et Toulouse, les écureuils pullulent !

À l'occasion de mes congés, je décide de partir à la recherche de ces petits animaux sympathiques lors de mes balades quotidiennes, enthousiasmée à l'idée de les rencontrer …

Le premier jour, je fais connaissance avec une famille de chats qui me jouent un véritable remake des *Aristochats*. Il manque uniquement le sieur O'Malley qui n'assume pas, de toute évidence, ses responsabilités, puisqu'il est absent.

Mère chatte n'a d'une duchesse que la grâce féline et je la surnomme « Chocolat » en rapport à sa belle robe brune. Son ventre rebondi aux tétines généreuses ne laisse aucun doute quant au jeune âge de sa progéniture. Ils sont trois : Réglisse, noir des oreilles jusqu'à la pointe de la queue, Sylvestre (qui allait s'avérer, en fin de compte, être une « Rominette ») dont les taches blanches sur le cou et le ventre le font ressembler à l'illustre chasseur de *Titi*, et enfin

Mistigri, de loin le plus beau, avec sa tête finement tigrée de nacre et d'argent. Celui-là me fixe avec de grands yeux vifs que surmontent des oreilles dont la taille n'a rien à envier à celles d'une chauve-souris : un « Batcat », en quelque sorte.

Mais d'écureuils : point !

Le deuxième jour, je salue un lézard qui lézarde (!) paresseusement sur son mur. Il ne réagit pas lorsque j'arrive à sa hauteur. Peut-être est-il plongé dans un profond sommeil ? Je n'ose engager la conversation de peur de le réveiller en sursaut quand, tout à coup, il prend ses pattes à son cou, si j'ose dire, et disparaît entre deux pierres plates ! Je reste là, figée, et me perds en conjectures : que lui est-il passé par la tête ? Il s'est probablement souvenu qu'il avait un train à prendre… à moins qu'il ne fût mu par une envie pressante ! Une chose est sûre, je ne connaîtrai jamais la cause de ce départ précipité !

Mais d'écureuils : point !

Le troisième jour, alors que je flâne tranquillement face au soleil levant, je suis ébranlée par quatre chiens qui se livrent à une course sans merci. Bien que leur race soit difficile à définir, il ne fait aucun doute, du moins pour eux, qu'ils sont de fiers lévriers entraînés pour le prix de l'Arc de Triomphe.

Ils arrivent devant moi dans un nuage provoqué par la poussière qu'ils soulèvent. Je fais un pas sur le côté pour éviter la collision. Ils passent à côté de moi sans me voir, ils sont au coude à coude, exactement sur la même ligne. S'ils restent ainsi, je plains l'arbitre qui devra les départager. Je n'ose imaginer le sort que ces braves sportifs canins réserveront à celui-ci lorsqu'il annoncera « égalité » sur la ligne d'arrivée !

Mais d'écureuils : point !

Le quatrième jour, je tombe « nez à bec » avec un drôle d'oiseau aux plumes d'une couleur commune et décevante. Son port altier me donne cependant quelques indications sur le caractère de l'animal : voici un être qui ne se prend pas pour n'importe qui. Ah ! Non, ça madame, c'est Môssieu l'oiseau, s'il vous plaît !

Quinze centimètres tout au plus et deux pattes de fierté mal placée, cela se voit tout de suite ! Il me regarde d'un air condescendant, alors que je le dépasse d'un bon mètre quarante. « Qu'est c'que t'as touah ? » semble-t-il me dire comme si j'étais persona non grata sur son carré de pelouse. Nous nous jaugeons. J'avance d'un pas, l'air provocant, et il s'envole ! Mais sans m'avoir auparavant lancé un dernier regard dédaigneux, lourd de sens : « Pour cette fois, c'est bon, je te laisse le champ libre. Mais attends-toi à ce que ce soit moins facile la prochaine fois que ton chemin croisera le mien ! » Un drôle d'oiseau, certes.

Mais d'écureuils : toujours point !

Un insecte boursouflé qui a oublié sa taille de guêpe, engoncé dans son habit d'ombres et d'or et aux yeux rouges globuleux, me barre la route le quatrième jour. Il est inquiétant à souhait. Ses traits plissés donnent à penser que, sur son bout de rocher, il réfléchit au prochain méfait qu'il va perpétrer. Un long frisson court le long de ma colonne vertébrale. Je rebrousse chemin, prise de terreur en imaginant que sa prochaine attaque puisse être dirigée contre ma petite personne ! Une rencontre qui me laisse un goût amer et dont j'aurais aimé me passer. Je modifie donc mon itinéraire, mais cela ne change rien au résultat, je reste bredouille.

Ce jour-là comme les autres, d'écureuils : point !

L'émotion engendrée par cette mésaventure me laisse sans courage, alors je passe le reste de la journée à fainéanter sur la terrasse de mon gîte et fais quand même l'effort de me traîner jusqu'à la piscine. Je nage un peu, mais pas trop n'en faut, après tout, je suis en vacances. Et surtout, je dois être en forme pour le grand moment de la soirée : la cérémonie du Floc.

Tout d'abord, un point important à expliquer dès le départ : il ne faut pas confondre Floc avec FLAC (Fédération Lilloise des Accros du Café), FLEC (Forêt où Luisent d'Étranges Créatures) ou FLUC (Folie Légère Urticante et Cutanée).

Pourquoi Floc[1] ? Il paraît que dans la langue gasconne, Floc signifie « bouquet », c'est joli, non ? Mais dans ma langue perso, je pense que ce nom provient du fait qu'au-delà d'une certaine dose absorbée, ça fait « Floc ! Floc ! » entre les neurones.

La cérémonie du Floc fait partie des rites du Lot-et-

1. Le Floc de Gascogne, est un apéritif élaboré à base de deux tiers de jus de raisins frais et d'un tiers d'armagnac.

Garonne et se déroule en deux étapes. Seule la participation à la première vous autorise à pousser l'expérience plus loin. Ce soir, il s'agit donc d'un grand événement pour moi.

Lorsque j'arrive sur les lieux, le maître de cérémonie m'invite à m'asseoir, puis une personne désignée pour la circonstance me présente le divin breuvage et me permet d'en savourer une lampée. Je trouve cette expérience fort goûteuse et beaucoup trop éphémère, malheureusement. La bouteille de Floc est ensuite rebouchée dans un silence religieux et disparaît entre les mains du gardien du Floc. Après délibération et devant le plaisir évident que j'ai eu à participer, le maître de cérémonie m'invite à revenir en deuxième semaine. Je considère cela comme un honneur.

En attendant de goûter à nouveau au Floc, je reprends mes balades quotidiennes, toujours en quête des écureuils de Casseneuil.

Le cinquième jour, à la tombée de la nuit, je rencontre à nouveau Chocolat, la mère chatte. Elle est tapie dans l'herbe, tout près du gîte. Tout d'abord un peu méfiante, elle finit par s'approcher et se laisse câliner. Je lui demande où sont ses petits et elle me répond tout de go :

– Oh ! Je les ai laissés à la maison ! Impossible de chasser avec eux, ils sont trop bruyants !

– Vous étiez donc en train de chasser. Mon arrivée vous a probablement dérangée…

– Certes, mais peut-être auriez-vous l'obligeance, dans ce cas, de me servir un petit quelque chose à grignoter. Je vous assure que cela me simplifierait divinement la vie, si ce n'est pas trop abuser de votre part…

– Il n'y a aucun problème, je vais voir ce que j'ai en réserve.

Et je me précipite donc vers le frigo où je déniche quelques restes de mon repas de midi. Je les dispose sur une assiette et en me retournant, je manque d'écraser Chocolat qui m'a suivie jusque là.

– Vous pourriez faire attention, tout de même !

– Excusez-moi, je ne vous avais point vue !

– Et alors ! Ce n'est pas une raison pour ne pas regarder où vous mettez les pieds !

Et elle sort en grommelant. Je pose l'assiette devant son museau en espérant que ce repas va adoucir son humeur. Elle murmure un vague merci et commence à manger.

Alors qu'elle fait une pause, je prends mon courage à deux mains et lui demande :

– Au fait, vous qui connaissez si bien le coin, peut-être pourriez-vous me dire où se cachent les écureuils de Casseneuil.

– Les quoi ?

– Les zé-cu-reuils-de-Ca-sse-neuil.

– Je n'en sais rien moi, à quoi ça ressemble ?

– Eh bien, difficile à dire, je n'en ai jamais vu jusqu'ici, mais je suppose qu'ils sont roux, avec des petites oreilles et une grande queue bien fournie et qu'ils se nourrissent de noisettes.

– Ah ? Ceux-là… Oui, il m'est arrivé d'en apercevoir, mais pas des roux, plutôt des verts et des bleus…

– Des bleus !!!! Vous êtes sûre ?

– Tout à fait ! Et elle reprend une bouchée.

– Des écureuils bleus, mais ce n'est pas possible. Et puis d'ailleurs, je croyais que les chats ne voyaient qu'en noir et blanc.

– Et moi je croyais que les humains ne savaient pas parler la langue féline, me répond-elle du tac au tac.

Là, je dois reconnaître qu'elle marque un point et je ne trouve rien à répondre. Elle profite de mon mutisme pour abandonner son assiette vide et s'éloigner, mais je la rappelle :

– Heu… excusez-moi de vous retenir encore un peu, mais vous ne m'avez pas dit où vous aviez vu des écureuils…

– Cela dépend. Lesquels recherchez-vous exactement : les bleus ou les verts ?

– Les verts, répondis-je à tout hasard.

– Alors ceux-là, la dernière fois que je les ai rencontrés, ils étaient au bord de l'eau, vous savez, tout en bas du village.

– Tout en bas, oui, merci, j'irai donc de ce côté-là .

Et après un hochement de tête, elle s'enfuit et disparaît dans les buissons.

Le lendemain c'est-à-dire le sixième jour, je décide donc de m'installer près de la rivière. Je prépare un pique-nique, une couverture, un peu de lecture et descends tranquillement au bord de l'eau, suivant les instructions de Chocolat. En restant ainsi toute une journée, je vais bien réussir à les voir, ces maudits écureuils !

Les heures passent, je déplace ma couverture pour rester à l'ombre et m'endors sous un arbre dont j'ignore l'essence. Quand je me réveille, la position du soleil m’indique que l’après-midi est déjà bien avancé. Mais n’y a-t-il aucun animal ici ?

J’ai dû penser tout haut, car un canard visiblement mécontent pointe son bec dans ma direction.

– Et moi alors, cancane-t-il, je compte pour du beurre ?

– Mais non, pas du tout, mais j’espérais voir des écureuils.

– À cette heure-ci, vous n’avez aucune chance, il est trop tard ou trop tôt.

– Donc, vous savez de quoi je parle.

– Évidemment, vous me prenez pour un idiot ou quoi ?

– Non, non, pas du tout. Ne vous vexez pas… Mais que voulez-vous dire par trop tard ou trop tôt ?

– Ils apparaissent plutôt à la tombée de la nuit, ou le matin… avant le lever du soleil.

Et le canard reste planté là, avec son air peu aimable.

Je reprends :

– Bon, eh bien, il ne me reste plus qu’à attendre le coucher du soleil.

– Ah mais ça, ce n’est pas du tout possible ! lance-t-il rudement.

– Ah bon, et pourquoi donc ?

– Parce qu’ici, vous êtes chez moi et je ne vous supporterai pas une seconde de plus, vous êtes trop sèche !

Voilà qui est un peu fort ! Ce n’est pas un canard qui va me déloger. Je refuse de laisser passer ma chance de voir enfin les écureuils de Casseneuil.

– Vous ne me faites pas peur ! Désolée, mais je reste !

– Puisque vous le prenez sur ce ton, je vais appeler du renfort !

L'inquiétude commence à me gagner. Du renfort ? De quoi parle-t-il ? Il lance quelques coin-coin par-ci, quelques coin-coin par-là et attend en tapant de la patte sur le sol.

Le résultat ne se fait pas attendre, une dizaine, non, une vingtaine de canards volent dans ma direction. Celui de tête pique alors vers moi et j'ai juste le temps de m'aplatir pour éviter un coup de bec. Je me relève promptement, mais à peine ai-je rassemblé mes affaires qu'ils sont trois sur moi. Je me protège et me défends comme je peux en faisant tournoyer la couverture dans tous les sens et finis par prendre mes jambes à mon cou. Visiblement satisfaits, ils cessent de me poursuivre et atterrissent pour venir serrer l'aile de leur compatriote et cancaner à leur aise.

Zut et re-zut ! Comment débusquer ces maudits écureuils sans pour autant me faire éborgner ? Je n'ai pas le choix, je reviendrai ce soir quand il fera nuit, en espérant que les canards auront déserté les lieux.

Vers vingt-deux heures, je suis au bord de la rivière. Je suis rassurée : nul canard à l'horizon. Je reste là un bon moment et dois me rendre à l'évidence : ce n'est pas ce soir que je verrai des écureuils. Mais alors, quand ?

J'en suis réduite à la même litanie, ce jour-là, comme les précédents, d'écureuils : point !

Le septième jour, je ne croise personne au cours de ma promenade matinale. À tout hasard, je descends jusqu'à la rivière, mais il n'y a aucun écureuil et aucune trace non plus de canards… Par contre, à mon retour, il y a du monde au gîte : Chocolat semble m'attendre de patte ferme, avec ses trois chatons. C'est elle qui entame la conversation :

– Alors, vous les avez vus ?

Je suppose qu'elle parle des écureuils, mais avant même que je réponde, elle s'adresse à ses petits en disant :

– Vous voyez, je vous l'avais bien dit, elle nous comprend.

Mistigri, Rominet et Réglisse ouvrent des yeux grands comme des gamelles et attendent visiblement une intervention de ma part. Je me tourne vers Chocolat et déclare :

– Non, je n'ai vu aucun écureuil.

– Même au bord de l'eau ?

– Oui, même là-bas. En revanche, j'ai rencontré un canard particulièrement acariâtre, une vraie teigne !

– Ah ! Ne m'en parlez pas, il fait peur aux enfants. Des bêtes comme celle-là, ça ne devrait même pas exister !

– Je suis tout à fait d'accord avec vous. Ainsi, vous vous promenez ?

Chocolat ne répond pas tout de suite, elle se tourne vers ses enfants, visiblement gênée et c'est Mistigri qui prend la parole.

– C'est que… Madame… on a faim, nous !

– Oh, je vois de quoi il s'agit. Attendez-moi là. Je reviens tout de suite.

Et je rapporte deux tranches de jambon à l'os sur lesquelles toute la petite famille se jette goulûment.

Je passe le reste de la journée sur la terrasse, en compagnie féline. Ils dorment l'un sur une chaise, l'autre sur la table. Réglisse tente une entrée dans le gîte, mais je le rattrape à la porte que je referme vite pour décourager toute nouvelle tentative.

La fin de la journée arrive et c'est à nouveau un grand soir pour moi, car c'est la seconde partie de la cérémonie du Floc. Celle-ci se poursuit dans une ambiance beaucoup plus décontractée que la première fois.

Les participants sont assis autour d'une table où les verres sont généreusement remplis, chacun trinque à qui mieux mieux : à la vie, à l'amour, aux vacances, à qui tiendra le coup le plus longtemps. Le breuvage est toujours aussi goûteux et là, je peux en bénéficier pleinement, alors j'en profite à fond ! Les verres font « floc » par-ci, « floc » par-là et hop ! un verre de plus.

Mon voisin, à peine moins éméché que moi, m'assène un coup de coude et lance à la cantonade : « C'est une bonne flocqueuse ! » Je comprends, grâce aux rires qui accompagnent son exclamation que je suis, en quelque sorte, intronisée dans la prestigieuse confrérie des flocqueurs. Je me redresse, commence un discours, mais les mots se mélangent dans ma tête et sortent dans le désordre. Ma tentative déclenche l'hilarité générale et c'est toute guillerette que je quitte la table. Je rassemble mes quelques neurones encore intacts pour retrouver le chemin vers mon gîte. Il est là-haut, tout en haut du village. Oh ! Que c'est haut !!! Mais il faut que j'y arrive, alors j'avance un pied, puis un autre et… je stoppe net !

À la faveur d'un rayon de lune, ils m'apparaissent : il y en a partout et de toutes les couleurs.

Deux écureuils gris, à l'évidence échappés d'un club du troisième âge, se tiennent l'un contre l'autre. Ils ont des moustaches blanches, chacun un monocle et une canne ; leur queue poivre et sel est clairsemée par endroits. Je devine, plus que je ne vois, une calvitie avancée entre les deux oreilles. Malgré leur grand âge, ils avancent encore « bonne patte bon œil » et aguerris par une longue expérience des humains, ils réussissent à me semer sans problème !

Je découvre ensuite les rois du mimétisme : des écureuils vert olive, aux grands yeux couleur tesson de bouteille. Comme ils se sont arrêtés sur le chemin gravillonné, je peux les observer sans peine. Ils ont un côté extraterrestre qui me fait sourire et je m'attends d'un instant à l'autre à voir apparaître leur soucoupe volante. De quelle planète viennent-ils ? Sciurida ?

Il me semble même apercevoir Scrat, sorti tout droit de l'*Âge de glace*, accroché amoureusement à son gland et qui sautille de droite et à gauche à la recherche d'un endroit adéquat où enterrer sa précieuse nourriture. Je peux même, d'où je suis, entendre ses petits cris paléontologiques.

Sur une hauteur voisine, un groupe bigarré et bruyant attire mon attention : ils portent tous une serviette éponge sur leur épaule droite ! L'espace d'un instant, l'idée que le Floc a des vertus hallucinatoires me traverse l'esprit, idée aussitôt chassée par une curiosité dévorante. Où se dirigent-ils ainsi d'un pas alerte ?

Je les suis à bonne distance et je comprends vite que leur destination se situe en contrebas du village de gîtes, là où l'une des rivières locales est facilement accessible. Au fur et à mesure que j'approche, parvient à mes oreilles le bruit d'une ambiance tapageuse et enjouée.

Après le dernier virage, le spectacle m'apparaît dans toute sa splendeur : dans une effervescence d'éclaboussures, les écureuils prennent un bain de minuit avec un plaisir évident. Pour ne rien perdre de la scène, je me glisse furtivement derrière un arbre et de là, je les observe à loisir.

Je ne suis qu'à une centaine de mètres de l'endroit où j'ai rencontré ce canard si désagréable. Cachée par mon arbre, je découvre des scènes qui dépassent l'entendement !

Un écureuil écarlate, juché sur un vieux tabouret branlant, joue les surveillants d'un air autoritaire. Un petit drapeau vert vif, fiché dans le sol, autorise la baignade. Et toute cette joyeuse bande s'ébroue et s'agite : un écureuil orange apprend à nager à un congénère citron. Plus loin, deux spécimens violets font la course. Sur la gauche, un turquoise et un beige enchaînent les plongeons en partant d'une racine qui affleure la surface. Quelques-uns font la planche, d'autres jouent à s'éclabousser : ils ressemblent à un groupe de bambins à la mer !

Sur une bande de terre plus claire, dont la couleur rappelle étrangement celle du sable, sont étalées les petites serviettes. Cette couleur m'intrigue. En effet, lors de ma désagréable rencontre avec le canard, je n'ai pas remarqué de sable ou quelque chose y ressemblant de près ou de loin. J'ai envie d'en avoir le cœur net, mais ne sachant quelle réaction auront les petits animaux en me voyant, je juge plus sage de rester à l'abri des regards.

Puis, l'écureuil « surveillant » se dresse sur ses pattes arrière et pousse des petits cris stridents. À ce signal, tout le monde sort de l'eau, chacun à son rythme, tout en continuant de babiller et de s'éclabousser.

Enfin, les écureuils se sèchent avec leur serviette dans un joyeux brouhaha. Avec tout ce bruit, je m'étonne qu'ils n'aient pas encore réussi à réveiller les occupants des gîtes les plus proches. Mais il n'en est rien.

C'est alors que je le vois, il est énorme, rose comme la guimauve, les pattes avant couleur framboise et les grosses pattes arrière en chocolat : un écureuil en sucre ! À cette heure tardive, son apparition m'ouvre violemment l'appétit et il me prend alors l'envie folle de le croquer tout entier ! Je me lance à sa poursuite et alors qu'il n'est qu'à quelques centimètres de la main que je tends pour l'attraper, il force l'allure et accroît la distance qui nous sépare. Je me sens pousser des ailes et j'accélère. Quand je crois enfin l'avoir attrapé, il s'évanouit dans la nature et je reste là, interdite et déçue d'avoir raté mon souper.

Incapable de monter plus haut pour rejoindre le gîte où m'attend un lit confortable et douillet, je m'installe dans la boîte à lettres la plus proche. Je me tortille un peu pour y pénétrer tant l'espace est étroit. Je prie le ciel pour ne pas ronfler afin de ne pas gêner d'éventuels voisins qui, trahis comme moi par leurs jambes gonflées de Floc, n'ont pas pu aller plus loin. En effet, dans ces boîtes de métal, les vibrations des ronflements se transmettent et créent une caisse de résonance peu propice au sommeil.

Je m'endors d'un sommeil peuplé d'écureuils.

Quand, au matin, je m'extirpe de cette chambre improvisée, l'esprit encore tout embrumé et le corps courbatu, je constate que plusieurs boîtes sont ouvertes et ont sans doute servi de refuge à d'autres flocqueurs. Il me semble, dans ma torpeur matinale, que l'une d'entre elles vibre encore à un rythme régulier…

Lorsque je regagne enfin mon gîte, nul écureuil à l'horizon. Ils ont tous disparu et, jusqu'à la fin de mon séjour, je n'en reverrai pas la queue d'un seul, mais il est vrai que je n'ai pas retouché non plus au Floc !

Vu la gueule de bois qui s'ensuit ce matin-là, je décide de laisser de côté les bouteilles de Floc restantes et de renoncer, par là même, aux rencontres colorées avec les écureuils de Casseneuil.

Il est évident désormais que l'apparition de ces petits animaux est intimement liée à l'absorption de Floc, à condition d'en boire une bouteille à une bouteille et demie !

Quelques jours plus tard, en préparant mes bagages, je suis fière d'annoncer à mes amis du village : « Je les ai vus, les écureuils de Casseneuil ! » Et je peux désormais partir la tête haute !

TERRA II

Le quatorzième Auqust 2135

Aujourd'hui, il m'est arrivé un truc incroyable : le groupe B est venu dans mon service. Ils ont débarqué comme ça, sans prévenir. Nous étions toutes dans nos petits souliers. Une inspection, à l'improviste, nous n'étions pas prêtes !

J'ai vu de loin le lieutenant qui s'arrêtait devant une de mes collègues. Sur ses talons, le directeur faisait son possible pour nous présenter sous notre meilleur jour, mais son interlocuteur n'en avait cure et posait ses questions directement à l'une ou l'autre des cinq cents scruteuses[1] qui se trouvaient là. Je priais en silence pour qu'il passe à côté de moi sans s'arrêter. Malheureusement, je sentis qu'il ralentissait

1. Scruteuse : personne chargée de surveiller les lieux publics des mégapoles dans le but de prévenir la violence. Le recrutement est essentiellement féminin, car les femmes sont reconnues pour leur patience et leur intuition, qualités indispensables pour ce type de poste. Une scruteuse dispose d'enregistreurs et de caméras thermiques très performants. Ceux-ci lui permettent d'écouter toutes les conversations, même à voix basse, et de détecter à distance des armes de moins de cinq centimètres de longueur.

en arrivant à ma hauteur. Je gardai les yeux baissés.

Le directeur me présenta : « Libel D., deux ans. » Cela faisait en effet deux ans que j'avais intégré le service de scrutation[1]. Le lieutenant, d'une voix autoritaire demanda : « Est-ce qu'elle participe à la baignade du vingt-deuxième ? » Le directeur s'empressa de répondre que « oui, évidemment, un de nos meilleurs éléments, vous comprenez… » Pendant ce temps, je continuais à sentir son regard brûlant sur moi. Tous savaient ici que le moindre faux pas, la moindre mauvaise réponse pouvait entraîner une catastrophe. J'attendais, n'osant pas relever la tête. Puis, contre toute attente, le lieutenant se pencha vers moi et d'une voix anormalement douce, il me souffla : « Mademoiselle ? » Je levai la tête, attendant la suite et croisai pour la première fois ce regard clair et magnifique. Il plongea ses yeux dans les miens, resta silencieux quelques secondes, puis il tourna les talons. Il me sembla entendre un vague « merci » et il disparut, accompagné de ses seconds, dans les entrailles de la cité par la porte du fond. Le directeur qui ne s'attendait pas à un départ aussi prompt, resta figé sur place, comme pétrifié.

Le quinzième Auqust 2135

Je n'ai pas dormi de la nuit. Je ne cesse de penser à ses yeux, à cette interrogation muette, au pourquoi de son attitude, à la question hors de propos qu'il a posée à mon directeur. Bien sûr que je participerai à la baignade du vingt-deuxième ! Si j'ai accepté le poste, c'est parce que les bons éléments y ont droit ! Et en deux ans, j'ai figuré neuf fois au

1. Service de scrutation : service où travaillent les scruteuses

tableau d'honneur. De toute façon, il faut vraiment avoir eu de très mauvais résultats pour en être privée. Il me semble que le mois dernier, seules treize scruteuses sont restées travailler le jour de la baignade…

Zut, il est déjà cette heure-là ! Je dois me dépêcher pour ne pas arriver en retard au boulot !

Le dix-septième Auqust 2135

Le directeur a été convoqué aujourd'hui dans le bureau du lieutenant. Nous avons toutes pensé qu'il avait commis une bourde lors de l'inspection du quatorzième jour. Tout à coup j'ai eu peur. Et si l'erreur venait de moi ? Et puis le directeur est revenu et nous n'avons rien su de plus.

Je suis rentrée chez moi et j'ai tenté d'enlever mon angoisse sous ma douche de vapeur. Vivement le vingt-deuxième où je pourrai me baigner dans de la vraie eau. Cela, c'est mon rêve : passer rapidement dans le service des distrieuses[1]. Les meilleurs éléments ont droit à une baignade hebdomadaire et les salaires sont meilleurs. Ainsi, je pourrai peut-être économiser suffisamment et partir vivre sur Terra II : il paraît que l'eau y est encore abondante et qu'on peut trouver des appartements avec une douche comme c'était encore le cas, ici, au début du XXIe siècle : avec de l'eau et non de la vapeur…

1. Distrieuse : personne chargée de traiter les données récoltées par les scruteuses.

Le vingt et unième Auqust 2135

Je n'ai pas revu le lieutenant et rien n'a filtré de son entrevue avec le directeur. Pourquoi l'aurais-je revu, d'ailleurs ? Il n'y a aucune raison. Nos deux mondes sont si éloignés ! Mais son comportement a été tellement… étrange. Je n'arrive pas à trouver d'autre mot ! Pourquoi m'a-t-il regardée ainsi ? Participera-t-il à la baignade demain ? Sûrement ! Mais avec les Supérieurs, là où l'eau est transparente et chaude. De toute façon, je ne le verrai pas.

Plus tard

Ah ! Ça m'énerve, je n'arrête pas de penser à lui ! Et ses yeux ! Je n'en avais jamais vu de semblables auparavant. Des bruits courent à ce sujet, les gens disent que ce sont des implants, d'où cette couleur si pâle et particulière. Jusqu'ici, je n'avais jamais prêté attention à ce que je considérais comme des ragots, mais maintenant que je les ai contemplés, je me pose la question…

Encore plus tard

Comment un regard échangé quelques secondes peut-il occuper à ce point ma mémoire ? Cela dépasse mon entendement ! Il faut que je dorme et que je cesse de penser à lui, ce n'est pas le moment de faire de l'insomnie. Demain, enfin, la baignade…

Le vingt-deuxième Auqust 2135

En fin de matinée, le directeur demande à me voir. Je pense tout de suite : « Ça y est, j'ai dû commettre une gaffe, je suis sanctionnée, pas de baignade ! » Mais son sourire franc dès que j'entre dans son bureau me rassure immédiatement. Non, il s'agit visiblement d'autre chose. Il me fait asseoir très gentiment en face de lui. Son comportement affable m'étonne, et ce n'est que le début ! Il est également très embarrassé et hésite visiblement sur la façon dont il va entamer la conversation.

– Libel… euh… comment vous dire… voyez-vous… ce mois-ci, pour la dixième fois… c'est exceptionnel, vous le concevez, évidemment… tous les mois …

Son discours n'est pas très clair, mais je comprends à demi-mot. Oui, il est vrai que depuis dix mois, ma place au tableau d'honneur m'a permis de participer à toutes les baignades. Et après ! Où veut-il en venir ? Je me concentre sur ses paroles :

– Je… j'en ai discuté avec, comment dire… le… ou plutôt, les agents directoriaux et ils ont été d'accord pour vous accorder… euh… une sorte d'honneur… de privilège, en quelque sorte.

Et là, il reste muet quelques instants. Il a vraiment l'air extrêmement gêné. J'ai envie de l'aider, alors je me permets de demander :

– De quoi s'agit-il exactement, Monsieur le Directeur ?

– J'y viens, Libel, oui… J'y arrive… Il s'agit… d'une chose inhabituelle… et je vous demanderai d'être discrète vis-à-vis de vos collègues à ce sujet, vous me le promettez ? C'est important, il faut jurer !

Devant son air suppliant, je ne peux qu'acquiescer, bien que je sois au comble de l'étonnement et que je me demande bien ce qui va m'arriver !

Il reprend :

– Donc, cet après-midi, vous vous baignerez… et là, il marque une pause qui me paraît une éternité.

– Oui ? fis-je, au supplice.

– Avec les Supérieurs.

Puis il se tait, soulagé d'avoir enfin pu aller jusqu'au bout de son discours. Il guette ma réaction. Cette annonce me fait l'effet d'un coup de massue, j'ai l'impression que je vais défaillir. Moi… avec les Supérieurs ? C'est la nouvelle la plus incongrue que j'aie jamais entendue. Et la première pensée qui me vient, dérisoire en proportion, c'est que je vais me faire remarquer avec mon maillot gris. Ils vont tout de suite s'apercevoir que je ne suis pas dans le bon groupe.

Comme s'il lisait dans mes pensées, le directeur poursuit :

– Bien sûr, pour que vous ne rencontriez aucun problème là-bas, voici votre maillot.

Et il me tend une pochette noire en crylate et ajoute :

– Je vous verrai donc tout à l'heure ! Et il m'invite à sortir, sans que j'aie eu le temps de poser la moindre question.

Je reviens m'asseoir devant mon scruteur[1], mon cœur bat la chamade. J'ai pris soin de faire un détour par les vestiaires pour y déposer mon précieux paquet. Je préfère être prudente. Sa présence aurait pu soulever quelques interrogations que je veux à tout prix éviter.

Je n'avale rien durant tout le repas. J'arrive à mon casier bien avant l'heure de la baignade, afin de croiser le moins de monde possible, et pars vers le quartier des Supérieurs.

---

1. Scruteur : ordinateur hyper sophistiqué dont se servent les scruteuses pour effectuer leur travail.

À l'entrée, les agents directoriaux m'accueillent sans sourciller. Il est clair qu'ils ont reçu des instructions. Ils me scannent et m'indiquent très poliment la direction à suivre. Bien sûr, à l'Akora où une vingtaine de Supérieurs discutent en attendant l'ouverture de la plage, mon arrivée ne passe pas inaperçue : personne ne me connaît. Je me glisse dans une cabine en me faisant la plus discrète possible, revêts mon maillot rouge bordé d'or et me dirige vers la plage artificielle, après être passée dans le couloir des jets de vapeur. Ceux-ci, contrairement à ceux dont j'ai l'habitude, sont délicatement parfumés d'essences qui évoluent au fur et à mesure du parcours. Je reconnais des essences d'agrumes, de pommes vertes et d'autres qui me rappellent des parfums anciens.

Quand j'arrive sur la plage, plus personne ne fait attention à moi, j'ai l'uniforme qu'il faut pour cela. Au loin, j'aperçois la haute silhouette du lieutenant. Mon cœur bondit dans la poitrine… et si c'était lui qui avait joué de son autorité pour m'accorder cette faveur ?

Il est entouré de femmes que je trouve extrêmement belles et qui, visiblement, cherchent à s'attirer les grâces du principal agent directorial. Être remarquée par le lieutenant permet d'accéder à toutes sortes de privilèges. C'est, bien sûr, la première fois que je le vois en maillot : cela n'ôte rien à son autorité naturelle, mais sa beauté légendaire est ainsi plus qu'évidente. Tout le monde sait que de nombreuses pratiques sportives ont sculpté ce corps de rêve. Je me surprends à rougir en pensant à la sensation de mes mains caressant sa peau hâlée.

Je détourne les yeux et marche rapidement vers l'eau. Qu'elle est claire ! Et chaude ! Beaucoup plus que de l'autre côté. Quelle sensation agréable ! Un bien-être profond m'envahit et je ferme les yeux : c'est merveilleux. Perdue dans mes rêveries, je ne remarque pas une présence à côté de moi :

– Libel D. ?

J'ouvre les yeux. C'est lui… seul. Je regarde par-dessus son épaule, m'attendant à voir apparaître une de ces créatures à la plastique parfaite qui l'entouraient quelques minutes plus tôt, mais il n'y a personne. Le vide semble s'être fait autour de nous. Devant mon mutisme, il poursuit :

– C'est bien vous, n'est ce pas ?

– Oui… oui… C'est bien moi.

Je pense que je vais me réveiller, que ces yeux étranges et magnifiques posés avec bienveillance sur moi disparaîtront et que je me retrouverai seule, mais rien de tout cela n'arrive. Le lieutenant reste là, la scène est irréelle.

– Je suis heureux de votre présence, cela ne vous dérange pas que je reste à côté de vous ?

– Non… non, vous… pouvez rester autant de temps que vous le souhaitez.

Comment peut-il me demander cela ! L'avoir à côté de moi, si près, est un tel privilège ! Malgré mon trouble grandissant, je l'entends prononcer :

– Dans ce cas, j'en suis heureux. Puis-je me permettre de discuter quelques instants avec vous ?

J'accepte d'un hochement de tête et notre conversation se poursuit ainsi : lui interrogeant, moi répondant. Peu à peu, je me sens plus à l'aise. Il s'intéresse à mon travail, à l'endroit où j'habite, à ma manière de vivre…

Après un temps indéterminé, un chant étrange retentit et le lieutenant m'informe que cela signe la fin de la baignade. Nous sortons de l'eau côte à côte. Je ne sais comment prendre congé. Je réussis à articuler :

– Au revoir, Monsieur le Lieutenant, et merci pour cet agréable moment.

Et aussitôt, je m'en veux, « agréable », que va-t-il penser ? Sa réponse me surprend :

– Au revoir, Libel et... au diable le « Lieutenant » ! Pour vous, désormais, je serai « Lador ».

– J'essaierai de m'en souvenir... Lador.

– À très bientôt, n'est-ce pas ?

Je ne sais que répondre. Il m'adresse un dernier regard, j'ai l'impression qu'il regrette cette séparation. Le plus calmement possible, je m'éloigne de lui et je m'engouffre, le cœur battant, dans le vestiaire des femmes.

Tout en me rhabillant, je repense à son prénom : Lador, un prénom qui commence par un « L », il a donc le même âge que moi. Cette pensée saugrenue aurait dû passer à l'arrière-plan après tout ce qui vient d'arriver, mais non, c'est elle qui occupe mon esprit à cet instant précis. Il est donc très jeune : quelle carrière fulgurante ! Quel talent ! Je soupire et ne l'en admire que davantage.

Le vingt-cinquième Auqust 2135

Trois jours sont passés depuis la baignade et je n'ai aucune nouvelle du lieutenant, non... de Lador. Mon absence à la baignade habituelle a été soulignée par mes collègues. J'ai prétexté que j'étais souffrante et j'ai très vite changé de conversation !

Le vingt-sixième Auqust 2135

Je dors mal, hantée par son souvenir, je n'ai plus goût à rien, même mon travail m'ennuie.

Le vingt-septième Auqust 2135

J'ai eu ma promotion, je l'ai accueillie sans joie. Demain, j'irai rejoindre les distrieuses. Concernant ma nouvelle affectation, j'ai juste remarqué que mon salaire allait quasiment doubler… doubler ??? J'ignorais qu'une distrieuse gagnait autant. Mes envies de douche avec de la vraie eau pourraient alors se concrétiser… mais sans lui, rien n'a plus d'attrait.

Le vingt-huitième Auqust 2135

La vie réserve parfois quelques surprises…

Ce matin, je me rends donc au bureau du directeur des distrieuses : l'homme bedonnant qui me reçoit en grommelant m'est immédiatement antipathique. Il m'annonce sèchement que mon nom n'est pas sur « sa » liste. Sans me démonter, sûre de mon bon droit, je lui tends alors l'hologramme confirmant ma promotion. Il me l'arrache des mains et s'attarde dessus en fronçant les sourcils :

– Mademoiselle, votre numéro d'affectation ne correspond pas à mon service ! Veuillez vous rendre immédiatement à l'OP (Organisation du Personnel). Votre place n'est pas ici !

– Bien monsieur, excusez-moi de vous avoir dérangé, lancé-je le plus froidement possible.

Un peu désappointée cependant, je regarde les chiffres qui défilent dans l'ascenseur. L'OP se situe quinze étages plus haut. Je me demande bien ce qui se passe.

L'Accueillante, à peine plus aimable que le directeur des distrieuses, fronce de même les sourcils en parcourant mon ordre d'affectation. Puis elle réfléchit quelques instants :

– Libel D., votre nom me dit quelque chose… voyons voir… Où ai-je mis votre dossier ? Ah ! Le voici. Libel D. Laissez-moi vérifier quelque chose… Mademoiselle, vous êtes affectée à… Ohhhh !

– Que se passe-t-il ? l'interrogé-je, un peu affolée face à son expression décomposée.

– Vous… vous êtes affectée dans le service de… de…

– Oui ? Le service de qui ?

Je n'en peux plus d'attendre ! Elle va finir par me rendre folle !

– Le service de Monsieur le Lieutenant ! réussit-elle à articuler enfin.

Je n'en reviens pas ! C'est donc ça… le numéro d'affectation inconnu… Mon cerveau a du mal à séparer les informations importantes des secondaires. Les recrutements dans son service sont rares, surtout pour une femme ! Puis, peu à peu, je me rends compte de l'énormité de l'événement :

moi ! dans son service ! Je vais le revoir, c'est inévitable… Mon cœur bat la chamade et j'entends à peine l'Accueillante contacter un second du directoire.

En l'attendant, la femme en face de moi me regarde sans parler et je reste silencieuse également, ayant du mal à rassembler mes esprits. Le second arrive moins de cinq minutes après. Il m'accompagne vers mon nouveau lieu de travail. Le long des escalators et des couloirs, il m'explique très aimablement quelles seront mes tâches. Il répond avec beaucoup de patience aux questions que je lui pose. Je comprends alors que je vais travailler directement avec Lador, tous les jours. Mes jambes flageolent, je m'arrête. Le second me demande si je vais bien, je prends sur moi et continue.

Enfin mon bureau est là : vaste, clair, avec une vue sur la ville et le tramway aérien. Le second me tend mes nouveaux vêtements, rouges bordés d'or : je fais partie des Supérieurs, maintenant. Il prend congé et sort en refermant la porte derrière lui.

Je suis seule. Je me laisse choir dans mon fauteuil particulièrement confortable. Les questions se pressent dans ma tête : pourquoi une telle promotion ? De qui provient-elle ? De Lador, probablement. Il a sûrement orchestré tout cela, c'est plus que certain… Sinon, qui d'autre ? Non, c'est Lador, c'est la seule possibilité. Après tout, il est l'autorité suprême de la société.

L'écran, intégré au bureau, s'allume, c'est un appel : je dois aller chercher des documents à l'étage inférieur. Je m'habitue vite au nouveau matériel, l'image est d'une excellente qualité, il suffit de faire glisser ses doigts sur la surface polie pour accéder à l'ensemble des données.

Je passe ensuite le reste de la journée à apprivoiser mon nouvel environnement, à classer, archiver et organiser des dossiers. Je profite de la pause repas pour faire connaissance avec mes nouveaux collègues, installés dans les bureaux voisins.

À aucun moment, je ne rencontre Lador.

Le trente-quatrième Auqust 2135

J'ai maintenant mes habitudes et mon nouveau travail me plaît. J'ai sympathisé avec deux collègues avec lesquels je déjeune parfois. Ils ne m'ont posé aucune question sur ma nomination, cela m'a mise en confiance. Je suis autorisée à décorer mon bureau selon mes goûts et je peux profiter de la baignade deux fois par semaine. J'ai d'ailleurs l'intention d'y aller juste après manger.

Il m'est arrivé d'apercevoir Lador, de loin, à trois reprises, lors d'une visite près de ses quartiers généraux. Il avait à chaque fois l'air très affairé et soucieux, mais je n'ai pas osé aborder le sujet auprès de mes collègues, aussi agréables soient-ils !

Quand j'arrive sur la plage, elle est déserte. L'espace m'appartient tout entier… privilège rare. J'ai l'impression d'être une reine dans son royaume. Au moment où je m'apprête à entrer dans l'eau, un bruit derrière moi m'interrompt. Je me retourne : il est là, sorti de nulle part, tellement près que je ne peux m'empêcher de sursauter.

– Excusez-moi, je ne voulais pas vous faire peur.

– Vous ne m'avez pas effrayée, c'est juste moi qui… Enfin, c'est idiot, ce n'est rien !

– Est-ce que votre nouveau poste vous convient ?

– Oh oui ! Énormément ! Je suppose que c'est vous que je dois remercier…

– Peut-être, mais un tout petit peu, fait-il en esquissant un sourire. Je pense que c'est surtout à vous que vous devez dire merci !

– À moi ? Je ne comprends pas.

– Je vais vous expliquer : j'étais en fait intrigué par cette scruteuse qui était si souvent au tableau d'honneur. Lorsque l'on a comme vous de tels résultats, on n'a rien à faire là-bas !

– Vous croyez ?

– J'en suis sûr ! Et je n'aime pas voir des talents gâchés !

Puis changeant tout à coup de conversation, il annonce :

– Je vais probablement partir…

– Où ça ? Puis, me reprenant immédiatement : excusez-moi, je suis indiscrète…

Cette nouvelle me fait mal au creux du ventre, mes mains tremblent. Partir, il va partir, je ne vais plus le revoir, tout cela n'a servi à rien, cette promotion et puis… non, ce n'est pas possible ! À peine l'ai-je retrouvé que je vais le perdre… Il reprend :

– Non, non, il n'y a pas de problème, vous pouvez me poser la question. Je m'en vais sur Terra II… une promotion… en remerciement du travail effectué ici…

Mais au lieu de l'expression de fierté que cette annonce devrait engendrer sur son visage, je n'y lis que de la tristesse. Je ne comprends pas, je ne comprends rien. Ses yeux m'interrogent en silence, tentant de déchiffrer mes pensées. Je balbutie un faible « félicitations », mais le cœur et le ton n'y sont décidément pas.

Nous nous baignons en silence, à quelques mètres l'un de l'autre, j'ai l'impression qu'il souhaiterait se rapprocher, me parler, mais il reste muet. L'ambiance est lourde et je suis brisée.

Le quarantième Auqust 2135

Demain, Lador s'envole pour Terra II, la planète où l'eau abonde, celle où je rêve de partir m'installer. Avec mon nouveau salaire, cela va devenir possible, dans quelques années, le temps que j'économise assez. Mais de savoir que tant que je resterai ici, Lador sera loin, m'ôte toute envie de faire des projets.

Lador est passé à mon bureau chaque jour depuis l'annonce de son départ, nous nous sommes baignés à nouveau ensemble à deux reprises, mais nous n'étions pas seuls, alors difficile de se parler dans ces conditions. Et à chacune de ses visites, il parle de tout et de rien, il évoque à peine son départ, je le sens soucieux. J'ai l'impression, à nouveau, qu'il essaie de me dire quelque chose, mais qu'il n'y parvient pas.

Le quarante et unième Auqust 2135

Je passe la matinée à m'abrutir sur diverses tâches sans intérêt, j'ai du mal à me concentrer. Le midi, je n'avale rien, tant mon estomac est crispé. Je sais que c'est aujourd'hui qu'il s'en va, que je ne le reverrai plus. J'essaie de ne pas y penser, mais mon esprit revient toujours sur les moments que j'ai passés avec lui.

À quatorze heures, un second surgit dans mon bureau. Avant que j'aie eu le temps d'ouvrir la bouche, il me fait signe de me taire. Il regroupe mes affaires, m'intime par un ordre muet de les prendre et de le suivre. Que se passe-t-il ? À l'expression qu'il affiche, ce doit être grave. Je marche derrière lui le long de couloirs ternes, à peine éclairés et dont j'ignorais l'existence jusqu'à ce jour. Régulièrement, il met son doigt sur les lèvres pour m'inviter au silence. Je suis de plus en plus inquiète. À un moment, il s'arrête ; il écoute, je n'entends rien, nous repartons.

Il ouvre une porte qui débouche sur un couloir sombre. Il me montre la porte à l'autre bout, me pousse doucement devant lui et me quitte en refermant le battant derrière moi. Mon premier réflexe est de revenir sur mes pas, puis je me ravise et marche devant moi. J'ouvre la porte suivante en tremblant, inquiète de ce qu'elle va me révéler.

Elle s'ouvre sur une plage, une plage extraordinaire. Le sable est différent de tout ce que je connais. L'eau s'écoule d'une cascade. L'ensemble ressemble à un lagon, du moins à l'image que je m'en fais puisque je n'en ai jamais vu. Je reste là, interdite, stupéfaite, le paysage est d'une beauté incomparable. Lador est là. Visiblement, c'est moi qu'il attend. Le voir me rassure et me soulage, même si je continue de m'interroger sur les circonstances de cette rencontre.

– Il s'agit de ma plage personnelle, explique-t-il, normalement, personne n'est autorisé à y venir, à part moi.

Je réponds, d'une voix étrangement calme :

– Alors pourquoi suis-je là ? Je ne comprends pas…

– Je vais partir, dans moins d'une heure maintenant. Ici, ma fonction m'interdit de me lier intimement avec quiconque. Sur Terra II, les règles sont plus souples et mon travail sera différent. Il me permettra de côtoyer des personnes de façon régulière.

Il me dit cela en me regardant droit dans les yeux, et son regard parle de lui-même. Je commence à comprendre, mais j'ai besoin qu'il exprime clairement le fond de sa pensée.

– Et moi dans tout ça ?

– J'aimerais que vous m'accompagniez.

Il laisse passer quelques secondes, guettant une quelconque réaction de ma part et poursuit :

– Je conçois tout ce que cette demande a d'étonnant. Je ne pouvais pas vous en parler avant, car vous savez que tous les bureaux sont sur écoute. Je suis désolé de vous prendre ainsi au dépourvu, mais ici personne ne peut nous entendre. Il n'y a que nous deux et je peux enfin vous avouer qu'à partir du jour où je vous ai vue parmi les scruteuses, je n'ai cessé de penser à vous.

– Mais si vous m'emmenez, vous deviendrez un hors-la-loi !

– Que vaut l'amour sans un minimum de risques ? Cela fait des semaines que j'y pense, il fallait que je tente le coup, même si je suis conscient que vous pouvez refuser…

– Je… j'ai peur… j'ai envie de venir avec vous… mais c'est tellement irréel tout cela, comment allons-nous faire ?

– Derrière ce mur (et il ajoute le geste à la parole), j'ai toute une équipe fidèle prête à m'aider et à mettre sa vie en danger pour moi. Si vous m'accompagnez, tous les fichiers vous concernant seront effacés, ce sera comme si vous n'aviez jamais existé ici. Je m'excuse d'insister autant, mais je dispose de peu de temps, Dites-moi, s'il vous plaît, quelle est votre réponse ?

Je sens la tension dans sa voix. Malgré sa maîtrise, je le sais inquiet et troublé. Je n'ai besoin que d'un court instant pour me décider :

– Je viens avec vous.

– Vous ne pourrez pas reculer…

– Je sais, mais j'ai envie de vous accompagner et… d'être avec vous.

Il sourit, visiblement soulagé, puis il plisse le front :

– Vous ne pourrez pas récupérer vos affaires chez vous.

– Je m'en passerai.

– Êtes-vous sûre que c'est ce que vous voulez ?

– Oui, je n'ai plus aucun doute désormais.

J'ai dit cela sur un ton ferme qui ne laisse place à aucune équivoque. Et c'est moi qui fais le premier pas vers lui, il m'enlace alors et prends le temps de m'embrasser longuement… sensuellement.

Puis il lance un appel vers un interlocuteur invisible, son bras reste enroulé autour de ma taille. La cascade s'efface devant nos yeux, laissant place à une aire d'embarquement où un astronef nous attend. Il me regarde et son amour m'enveloppe d'une douce couverture de sécurité. Je n'ai plus peur. Il m'entraîne vers l'appareil, nous nous y installons. C'est lui qui pilote à la voix. Sa main dans la mienne, nous décollons. Je regarde le sol de notre vieille Terra qui s'éloigne. Je n'ai aucun regret.

Je le regarde, concentré sur son plan de vol. Il est magnifiquement beau, c'est le plus bel homme qu'il m'ait été donné de rencontrer et il est là, pour moi. Tout est simple. Je pars vivre une nouvelle vie, sur la planète dont j'ai tant rêvé, avec l'homme que j'aime et dont j'ignore tout.

Il me sourit, il est éclatant de bonheur. Je l'aime et il m'aime, quoi de plus naturel ?

LE MYSTÈRE DE TZIREL

Nous voici de retour sur l'astroport d'Adamante. Deux mois ont passé depuis la disparition de Vansyli et d'Helcim. Maëlis surveille les prochaines arrivées, Nadia ne devrait plus tarder.

Je repense à ces deux mois : Maëlis et moi n'avons pas chômé. Comme prévu, nous avons trouvé des réponses sur Adrénotia. Au moins, nous avons la certitude que nous allons retrouver mes deux amis. Alani, le directeur du centre de recherche dans lequel nous avons passé l'essentiel de nos dernières semaines a été formel. Dans toutes leurs expériences, les objets qui disparaissent dans le champ magnétique (dont les caractéristiques sont quasiment les mêmes que celles de la plage de Tzirel) réapparaissent toujours au bout de quarante-deux heures adrénotiennes, plus ou moins 1,67 pour cent, a-t-il précisé. Si Tzirel suit la même loi, Vansyli et Helcim vont réapparaître d'ici un ou deux jours.

Maëlis, la première, repère la haute silhouette blonde. Elles tombent dans les bras l'une de l'autre, visiblement heureuses de se retrouver. Nadia lève les yeux vers moi : elle n'a jamais été aussi adorable. Mon cœur s'accélère, je suis particulièrement heureux de la revoir. Elle s'approche et pose un baiser amical sur ma joue.

– Bonjour Gréor, comment vas-tu ?

– Parfaitement bien, et toi ?

– Eh bien, je suis en forme et contente de vous retrouver tous les deux.

Le regard de Maëlis va de l'un à l'autre et je comprends qu'elle s'interroge sur la relation qui nous lie, Nadia et moi. Elle m'envoie un regard inquisiteur, je fais semblant de ne pas m'en apercevoir. Il est vrai que j'ai un faible pour cette belle femme blonde. Depuis notre départ d'Adamante, il y a deux mois donc, nous avons communiqué pratiquement tous les jours, ce qui a créé une sorte d'intimité entre nous. Enfin, c'est ce que j'aimerais croire.

Mais déjà nous quittons la zone de débarquement. Nadia nous fait un bref résumé de ses aventures récentes. Elle a beaucoup voyagé et a pris de très nombreux risques, mais cette vie lui plaît et lui permet de bien gagner sa vie. Nous empruntons la navette aérienne qui va nous permettre d'atteindre le centre d'Adamara, la capitale d'Adamante.

– Et vous ? demande Nadia, qu'avez-vous trouvé ? Maëlis m'a dit que vous aviez découvert des informations intéressantes au centre de recherche…

Je regarde Maëlis, elle me désigne pour raconter ce que nous avons fait ces deux derniers mois. J'explique donc à Nadia ce que nous avons compris grâce aux recherches entreprises par les scientifiques d'Adrénotia :

– Ce qui est primordial, c'est que tous les objets qu'ils ont envoyés dans le champ magnétique sont revenus. C'est rassurant. En revanche, ils disent que ce n'était pas le cas auparavant. Le phénomène de retour, comme ils le nomment, n'a été enregistré que depuis la fissuration du second trou noir supermassif[1] de la galaxie GLD 6705. Comme tu le sais, ce changement d'état a profondément modifié la structure de notre univers.

– Oui, il me semble que j'en ai entendu parler. N'est-ce pas cela qui a conduit à la rupture de la magnétosphère des planètes U32 et V47 ?

– En effet, poursuivis-je, c'est bien ce même phénomène qui a engendré force perturbations dans de nombreux systèmes. Et Alani…

– Alani ?

– Excuse-moi, je pensais t'en avoir parlé. Alani est le directeur du centre de recherche d'Adrénotia.

– Ah ? Oui, maintenant que tu le dis, je m'en souviens. Mais poursuis donc, je suis tout ouïe !

– Alani, donc, pense que tant que ce trou noir ne sera pas stabilisé, d'autres changements majeurs vont survenir dans la structure de l'univers. Il craint notamment que le phénomène de retour ne soit compromis, si la fissuration s'amplifiait de façon trop importante.

– Oh ! Mais alors, si je comprends bien, nous avons eu de la chance, Maëlis et moi, d'avoir disparu dans une période favorable, si j'ose dire.

– Oui, car les archives d'Adamante sont truffées de disparitions liées à Tzirel et les gens ne sont jamais réapparus !

– Mince ! Vous avez eu accès aux archives ? Mais comment ?

Nadia est au comble de l'étonnement ! Sur un ton volontairement confidentiel, je reprends :

---

1. Un trou noir supermassif est, en astrophysique, un trou noir dont la masse est d'environ un million à un milliard de masses solaires. C'est le type de trou noir le plus massif. (Source : wikipedia.org)

– Nous avons désormais un allié de poids parmi nos connaissances…

– Arrête de me faire languir, je bous d'impatience, qui est ce ?

– Eh bien…

– Allez, parle !

Et elle ajoute, en prenant Maëlis à témoin : « Je vais finir par l'étrangler ! »

À l'idée des deux mains fines et douces de Nadia autour de mon cou, j'hésite à vendre la mèche… Elle s'en aperçoit et me regarde fixement. Maëlis intervient, sans trop comprendre d'où vient le trouble entre Nadia et moi :

– Vas-y, Gréor, dis-le-lui !

– Il s'agit du chef de la police.

– Comment ça ?

– Je ne sais pas si tu te souviens : Vansyli et lui sont amis.

– Maintenant ça me revient, c'est grâce à lui que vous avez été libérés après votre premier passage au-dessus de Tzirel…

– Exactement.

Nous arrivons à l'appartement que nous avons loué pour notre séjour ici. Nadia prend quelques minutes pour se rafraîchir et se changer, et la conversation reprend de plus belle.

– Et qu'avez-vous appris d'autre sur Adrénotia ? demande Nadia

– Les objets disparus et réapparus sont modifiés par leur passage dans le champ magnétique.

– Modifiés ?

Nadia ouvre de grands yeux et se tourne vers Maëlis : ont-elles, elles aussi, subi des modifications ?

– Oui, oh, ce n'est pas grand-chose, un petit détail par-ci, par-là. Alani relate des légers changements de couleur, de forme, mais très discrets, ou encore des différences structurelles, sous forme d'une diminution de la longueur d'onde atomique.

– Mais c'est inquiétant ce que tu m'annonces là. A-t-on une idée de l'influence d'un tel passage (elle cherche ses mots)... intemporel sur des êtres vivants ?

– Justement, j'y arrive. L'équipe de chercheurs s'est posé la même question que toi et ils ont envoyé des *chouraines*[1] dans le champ magnétique. Ceux-ci ont changé de comportement, ils semblaient notamment deviner les intentions des chercheurs à leur égard. Ces derniers ont aussi noté une préférence nettement marquée pour les aliments sucrés. Maëlis aussi a remarqué des différences : c'est assez subtil, mais elle a développé une sorte de sixième sens.

Maëlis prend alors la parole :

– C'est en effet troublant, mais quand Gréor te parle, parfois, je sais à l'avance ce qu'il va te dire, au mot près. Et je fais des rêves prémonitoires de façon régulière. J'ai vu le retour de Vansyli et d'Helcim et je sais qu'ils ne seront pas très en forme.

– Maintenant que tu en parles, reprend Nadia, j'ai échappé de justesse à un traquenard sur Carolis 27, après avoir appréhendé un truand (Nadia est un peu chasseur de prime à ses heures...) J'ai senti que je devais tourner à gauche alors que la rue ressemblait à une impasse. C'était même plus

1. Chouraine : sorte de petit rongeur marsupial, utilisé dans les expérimentations scientifiques du fait de sa reproduction rapide et de ses caractéristiques physiologiques facilement transposables à l'être humain. À noter qu'à l'ère xanthienne, les animaux sont traités avec respect et aucune souffrance n'est tolérée dans les laboratoires.

qu'une sensation, c'était une question de survie en quelque sorte.

– Et alors ? demande Maëlis.

– Alors une porte s'est ouverte sur un couloir et j'ai pu traverser les immeubles, en les parcourant de l'intérieur, et je suis sortie indemne de cette histoire. Parce que, ensuite, en contournant les bâtiments, j'ai vu de loin les acolytes du truand en question. Il était clair qu'ils m'attendaient de l'autre côté pour me faire la peau. Et ce n'est pas la seule fois où j'ai su exactement ce que je devais faire, comme si une petite voix intérieure me conseillait.

C'est alors qu'un détail me revient en mémoire : lorsque j'ai retrouvé les filles sur Tzirel, Nadia a annoncé tout de go que Vansyli et Helcim allaient réapparaître dans deux mois, comme elle. D'où tenait-elle cette information ? C'était probablement un premier signe des changements induits par son séjour sur Tzirel. Maintenant que nous en savons davantage, cela paraît logique.

Me voyant perdu dans mes pensées, Maëlis prend le relais :

– Alani a suivi une lignée de chouraines sur dix générations[1] et il semble que le code génétique soit intact. En tout cas, il m'a assuré que le taux de mutations se situe dans la moyenne

– Voilà qui est tout de même rassurant, admet Nadia.

Maëlis est d'accord avec elle, cette information l'a tranquillisée sur son avenir en tant que femme.

– Et quelle explication apporte Alani à ce qui se passe

1. Une femelle *chouraine* peut avoir quatre portées par an et les petits arrivent à maturité sexuelle en dix-sept semaines.

vraiment dans le champ magnétique ? questionne à nouveau Nadia.

– Eh bien, il avance l'hypothèse d'un glissement spatiotemporel dans une zone de l'espace où le temps n'existe pas, en tout cas, pas tel que nous le concevons. En théorie, c'est possible, mais cela reste difficile à prouver scientifiquement.

– C'est-à-dire ?

– Alani pense que pour l'objet ou l'être plongé dans le champ, le temps passe tellement vite qu'il n'en garde aucune conscience, comme si les quarante-deux heures, ou les deux mois pour toi et Maëlis, n'existaient pas.

– Et quel est le rapport avec les modifications comportementales constatées et cet étrange… sixième sens ?

– Pour l'instant, Alani n'en a trouvé aucun, il est encore au stade des observations. Mais il espère en apprendre plus dès qu'il aura examiné Vansyli et Helcim. J'ai promis que nous reviendrions avec eux, et avec toi aussi. Il aimerait effectuer sur toi les mêmes examens que ceux qu'il a pratiqués sur Maëlis… si tu es d'accord, bien sûr !

– Je suis entièrement d'accord, si cela peut nous aider à comprendre ce qui se passe sur Tzirel…

L'heure étant déjà bien avancée, nous décidons d'aller nous coucher, d'autant que, demain, nous avons prévu d'être à Tzirel de bonne heure pour être sûrs de ne pas rater le retour de mes amis.

Je suis réveillé au milieu de la nuit par la sonnerie de mon téléphone. Je regarde mon astromontre : quatre heures ! Que se passe-t-il ? Je me lève en titubant. Où ai-je mis ce maudit appareil ? Probablement dans une des poches de ma combinaison ! Oui, là, je le tiens. La sonnerie vient de cesser. Je m'apprête à me rallonger quand elle reprend. L'écran affiche « Alani », je décroche au plus vite :

– Mwoui…

– Gréor ? Désolé de vous réveiller, mais il faut partir… immédiatement !

– Hein !!!

– Gréor ! Réveillez-vous ! Il n'y a pas une seconde à perdre !

Il y a beaucoup de grésillements sur la ligne et je ne suis pas tout à fait sûr de comprendre

– Que dites-vous ? Partir ? Mais il n'est que quatre heures du matin !

– Vous ne comprenez pas… Le trou noir… Vous savez…

– Celui de la galaxie GLD 6705 ?

Je commence à me rendre compte de la panique dans la voix de mon interlocuteur et à prendre conscience de l'urgence. Si ce maudit trou noir a recommencé à faire des siennes…

– Ah ! Enfin, vous voilà réveillé ! Ce n'est pas trop tôt ! Vous devez immédiatement quitter Adamante avant que la planète ne soit devenue trop instable.

– Instable ? Mais qu'est-ce qui se passe ?

– Eh bien, le trou noir… crrr…crrr…crrr…

Et la communication coupe d'un seul coup. Je titube et dois me tenir au chambranle de la porte pour ne pas tomber ; ce doit être l'émotion, probablement. Non, ce n'est pas ça, le sol sous mes pieds, il… bouge ! C'est léger mais bien réel ! Et en plus, il fait chaud, très chaud. Ce n'est pas normal non plus cette chaleur. Et le bruit dehors : est-ce le vent qui souffle si fort ?

À défaut de pouvoir leur servir des informations complètes, je réveille Maëlis et Nadia et leur fais un résumé de ma conversation avec Alani.

– Il n'est pas question de partir sans Vansyli et Helcim, annonce Maëlis.

– Je suis d'accord avec toi, conviens-je, heureux de la réaction de ma sœur. Et toi Nadia, qu'en penses-tu ?

– Je suis d'accord avec vous. Si le temps presse, il nous faut récupérer mon astronef et partir pour Tzirel sans attendre.

J'acquiesce et nous bouclons rapidement nos sacs. Dans la navette qui nous conduit à l'astroport, Alani me rappelle :

– Plus rien ne fonctionne dans ce coin de la galaxie, vous en êtes où ?

– Nous allons récupérer l'astronef de Nadia et après, nous irons chercher Vansyli et Helcim

– Non ! Non ! Quittez Adamante ! Pour vos amis, il est probablement trop tard !

– Mais que se passe-t-il ? Et j'ai presque crié en disant ça. Heureusement, à cette heure-ci, la navette est déserte.

– Vous n'avez pas entendu tout à l'heure ? Le trou noir, il est devenu fou !

– QUOI ???

– Selon nos estimations, il va avaler au moins le quart de cette galaxie !

– Mais… vous… vous êtes tout près ?

– Nous avons évacué Adrénotia hier soir, déjà. Je n'ai pas pu vous contacter plus tôt à cause des perturbations du champ électromagnétique qui ont envahi toute la planète et c'est ce qui va probablement arriver sur Adamante !

Je descends de la navette et une rafale particulièrement forte me couche à terre, me faisant lâcher mon téléphone. Sur l'astroport d'Adamante, nous avons l'impression d'être au cœur d'une tempête. Normalement, nous devrions voir le jour se lever, mais le ciel est d'encre quelle que soit la direction où nous regardons.

– Gréor ? Gréor ? Vous êtes toujours là ? Je ne vous entends plus !

Je reprends mon appareil :

– Oui, oui, je suis là. Nous sommes à bord de l'astronef. Nous partons pour Tzirel, il n'est pas question que je laisse mes amis ici. Selon vos estimations, ils devraient réapparaître dans environ cinq heures.

– Cinq heures ! Adamante ne tiendra pas aussi longtemps ! De plus, près de la plage, le danger sera trop grand, la désagrégation va partir de là pour se propager à l'ensemble de la planète. S'il vous plaît, je vous en conjure, sauvez-vous pendant qu'il est encore temps !

Je regarde Maëlis, puis Nadia, mais cette dernière a déjà entré les coordonnées de Tzirel dans l'ordinateur de bord : nous irons jusqu'au bout.

– Si nous voyons que c'est trop dangereux, nous nous éloignerons, nous ferons attention.

– Bonne chance alors !

– Merci ! À vous aussi !

Mais je ne suis pas sûr d'avoir été entendu, car la communication a été cette fois coupée net. Je regarde l'horizon, il est toujours aussi noir. Du centre d'Adamara monte le hurlement des sirènes : l'alerte a été donnée, la planète va être évacuée.

L'astronef est secoué dans tous les sens. Nous avons l'impression d'être dans une essoreuse. Le vent forme des tourbillons dangereux et Nadia doit faire appel à toute sa dextérité pour maintenir l'appareil en vol.

Enfin, au bout d'un temps qui nous paraît interminable, nous approchons de Tzirel. Les instruments affichent des chiffres incohérents. Heureusement, une pâle lueur provenant de l'ouest nous permet de nous poser facilement.

Après une courte discussion, nous décidons de partir à la recherche de Vansyli et d'Helcim même si, d'après les prévisions d'Alani, ils ne devraient pas réapparaître avant plusieurs heures. Mais attendre ne serait-ce qu'une heure de plus met la vie de nous trois en danger. Et grâce à la prémonition de Maëlis, nous savons que nous allons les retrouver. Alors si Adamante doit imploser et se désintégrer d'ici quelques heures, c'est maintenant ou jamais qu'il faut y aller.

J'ai hâte d'atteindre la plage, mais je regrette bien vite mon ardeur : à l'extérieur, l'univers se déchaîne ! Le vent hurle dans nos oreilles, rendant inaudible toute parole. Les rafales soulèvent des tonnes de sable. Nous ne distinguons absolument rien, malgré les puissants halogènes dont nous nous sommes équipés. Les vibrations du sol sont maintenant ininterrompues et c'est un miracle si nous arrivons à rester debout.

Nous passons la barrière de corail et partons à la recherche de mes amis. Je fais attention où je mets les pieds. Des trous se forment dans la plage çà et là, engouffrant le sable pour le recracher avec violence l'instant d'après. J'en évite un de justesse, j'ai juste le temps de sauter à droite et de me plaquer au sol avant que le sable ne me recouvre entièrement. J'ignore où sont Maëlis et Nadia. Je me relève et aperçois vaguement le clignotement d'une lampe : c'est Nadia qui donne l'alerte. Je la rejoins, Maëlis sur mes talons : ils sont là ! Alani s'est donc trompé de plusieurs heures, mais pour nous, vu les circonstances, c'est une chance !

Je traîne Vansyli jusqu'à l'astronef, pendant que les filles font de même avec Helcim. Ils sont vivants tous les deux, mais plutôt mal en point, comme Maëlis nous l'avait annoncé. Vansyli prononce des paroles que je ne comprends pas, ses traits sont marqués et il a beaucoup maigri. Helcim est totalement inconscient.

Une fois dans l'astronef, nous les installons dans les couchettes. Helcim est affreusement pâle, il a du mal à respirer, Maëlis le branche sous respirateur. Vansyli attrape ma manche :

– Gréor… merci… d'être… venu me chercher… Merci.

Mais ce dernier mot disparaît dans un souffle. Je lui parle, le rassure, lui répète qu'il est en sécurité.

L'astronef quitte Adamante. Les moteurs sont à fond mais nous n'avançons pas. Nous sommes ballottés dans tous les sens. La structure de la coque craque. Nadia est penchée sur les commandes et surveille les instruments de vol.

– Nadia, ça va ?

– Ça devrait aller, mais il va falloir s'accrocher. Est-ce que tes amis sont bien sanglés ? Ça va secouer !

Je vérifie les sangles des deux couchettes et m'accroche à l'une d'elle. J'interroge à nouveau Nadia :

– Tu sais ce qui se passe ? J'ai l'impression qu'on n'avance pas.

– Nous sommes dans la distorsion temporelle, du fait de l'attraction du trou noir. C'est pour cela que nous avons l'impression de faire du sur-place. J'ai beaucoup de mal à obtenir des coordonnées spatiales stables. J'espère que les perturbations électromagnétiques et le sable n'ont pas trop endommagé les turbines, mais ce qui m'inquiète le plus…

Elle se tait et fronce les sourcils.

– Oui ? Quoi ?

– Les moteurs chauffent anormalement. Il faut qu'ils tiennent le coup, sinon nous sommes fichus !

À ce moment, Helcim ouvre les yeux, sa respiration est plus régulière. Il veut nous dire quelque chose. Maëlis lui enlève son masque.

– Merci à vous trois. Ils… ils nous avaient dit…

Maëlis me regarde d'un air étonné : mais de qui parle-t-il ? Il poursuit :

– …Que c'était trop tôt… pour revenir… mais il le fallait… sinon, on ne s'en sortait pas…

– Ne parle pas trop, tu vas te fatiguer. Maëlis lui tient la main en disant cela ; elle se veut apaisante, mais je la sens inquiète. Helcim lève doucement un bras et fouille maladroitement dans sa poche. Il finit par en retirer un microdisque et me le tend :

– Ils… Ils ont dit de te donner ça !

– Mais qui sont ces « ils » dont tu parles ?

Helcim est visiblement épuisé, il ferme les yeux. Je pense qu'il dort mais contre toute attente, il reprend :

– Eux… les autres… les géants… bleus…

– Les géants ?

Je reste interloqué. Helcim s'est rendormi, à moins qu'il n'ait à nouveau perdu connaissance. Nadia nous annonce que le plus dur est fait. Au-dessus de nous, nous apercevons les lumières de deux convois. Ne sachant pas trop où nous diriger, nous décidons de suivre la même trajectoire qu'eux.

Je regarde le microdisque. De quoi s'agit-il ? Nadia l'insère dans l'ordinateur de bord, apparaissent alors sur l'écran des phrases incompréhensibles et des chiffres, beaucoup de chiffres. Je donnerai ça à Alani, lui y comprendra peut-être quelque chose.

Nadia discute avec les pilotes des convois. Nous apprenons qu'Adamante s'est disloquée. Elle n'est plus et la plage maudite a, en conséquence, disparu, emportant avec elle ses secrets.

À moins que Vansyli et Helcim nous en apprennent davantage. Les questions se pressent dans ma tête : qui sont ces géants ? Bleus de surcroît ! Et ce microdisque : d'où sort-il ? Et pourquoi l'a-t-on donné à Helcim ? Dans quel but ?

Malheureusement, pour l'instant, mes deux amis ne sont pas en état de parler et je vais devoir patienter pour en savoir plus. D'ailleurs, dans l'immédiat, le plus important c'est leur santé : leur état nous inquiète. L'infirmerie du convoi le plus proche accepte de les accueillir, nous les téléportons là-bas. Et j'attendrai donc qu'ils soient rétablis pour obtenir des réponses

Je commence à me détendre et me rends compte que nous avons eu beaucoup de chance : nous sommes tous sains et saufs. Maëlis s'est étendue sur l'une des couchettes, désormais libre. Je m'assois à côté de Nadia, je la regarde, elle me sourit. Je lui prends la main, elle pose la tête sur mon épaule : devant nous, la Voie lactée n'a jamais été aussi belle.

Si vous souhaitez en savoir plus sur le contenu du microdisque et sur ces énigmatiques géants bleus, il vous faudra patienter jusqu'à la parution de mon prochain recueil.

Table des matières

Tzirel	7
Lille-Plage	15
Ève à Zion	31
Dé-formation	37
Retour à Tzirel	43
Oiseau de mer	57
Attendre	63
Réponse	65
Les écureuils de Casseneuil	67
Terra II	83
Le mystère de Tzirel	103

Cet ouvrage a été imprimé
à Roubaix par Sobook.

Achevé d'imprimé en septembre 2010

Imprimé en France
Dépôt légal : septembre 2010.
N° d'éditeur : 2-9528379

Cet ouvrage a été imprimé
à Roubaix par Sobook.

Achevé d'imprimé en septembre 2010

Imprimé en France
Dépôt légal : septembre 2010.
N° d'éditeur : 2-9528379

120

16400